遊撃警視

南 英男

祥伝社文庫

目次

第一章　口封じの疑い

1

暴漢か。

暗がりで人影が動いた。ぬっと現われたのは、若い男だった。禍々《まがまが》しい予感が胸中を掠める。

六本木の裏通りだ。芋洗坂《いもあらいざか》の近くだった。

十二月上旬のある夜だ。十時を回っていた。夜気《やき》は凍《い》てついている。吐く息が白い。

加納卓也《かのうたくや》は足を止め、目を凝《こ》らした。

不審な男は黒っぽいニット帽を被《かぶ》っていた。中肉中背だが、どことなく崩れた印象を与える。表情は険《けわ》しい。手にしているのは金属バットだった。

「おれに何か用か?」

加納は怪しい男に声をかけた。馴染《なじ》みの小料理屋で飲んだ後《あと》だが、それほど酔いは回っていなかった。

「てめえのせいで、羽場《はば》さんは刑務所《ムシヨ》にぶち込まれちまった」

「羽場？　そいつは誰なんだっ」

「ばっくれるんじゃねえ。『アリゲーター』の総長だった羽場悠司《ゆうじ》さんのことだよ」

「おまえは、暴走族上《マルソー》がりの半グレらしいな」

「うるせえ！　てめえを袋叩《フクロ》きにしてやる」
二十六、七歳の男が喚《わめ》き、金属バットを振り被《かぶ》った。
そのとき、背後で乱れた足音が響いた。靴音は複数だった。加納は振り向いた。

灰色のスポーツキャップを目深《まぶか》に被った男たちが立っていた。二人だった。どちらも、二十五、六歳だろうか。

ひとりはゴルフクラブを握っていた。ウッドではなく、アイアンだった。もう片方は、木刀を提《さ》げている。ともに殺意を漲《みなぎ》らせていた。

「誰かと間違えられたようだな。おれは『アリゲーター』の元総長とは一面識もないぞ」

加納は前に向き直って、ニット帽の男に言った。

「深沢《ふかざわ》、汚《きたね》えぞ。てめえが羽場さんを地検送りにしたことはわかってるんだよ。だから、羽場さんは恐喝罪で起訴されたんじゃねえかっ」

「おれは深沢じゃない」

「とぼけやがって！　シラを切りつづける気なら、殺《や》っちまうぞ。てめえが赤坂署の刑事課にいることは調べ上げたんだ」

相手が息巻き、間合いを詰めてくる。

加納は横に移動し、雑居ビルの外壁を背負った。男たちが扇の形に散る。後ろから襲われる心配はなくなった。

「いまなら、大目に見てやってもいい。人違いなんだからな」

「深沢、カッコつけてんじゃねえ！」

金属バットを構えたリーダー格らしい男が声を張って、前に踏み出してきた。隙《すき》だらけだった。加納はみじんも恐怖を覚えなかった。

バットが斜め上段から振り下ろされた。空気が縺《もつ》れ合う。風切り音は高かった。

加納は軽やかに横に跳《と》んだ。

金属バットの先端が路面を叩いた。ニット帽の男が呻《うめ》く。両手首に痺《しび》れが走ったのだろう。右側にいる二人が、ほぼ同時に木刀とゴルフクラブを振り回しはじめた。

加納はニット帽の男に体当たりをくれた。相手がバットを宙《ちゅう》に掲《かか》げたまま、大きくよろけた。

すかさず加納は、横蹴りを見舞った。相手が突風に煽《あお》られたような感じで、横に倒れた。ほとんど同時に、長く呻いた。

加納は走り寄って、ニット帽の男の脇腹に鋭いキックを入れた。男が体を丸めて、長く唸《うな》った。金属バットは路上に転がっている。

加納は手早くバットを拾い上げた。

数秒後、木刀が水平に薙《な》がれた。加納は、木刀を金属バットで叩き落とした。

「この野郎ーっ」

ゴルフクラブを握った男が怒声を張り上げ、アイアンを大上段に構えた。加納はステップインした。バットの先で相手の胸板《むないた》を強く突く。

「うっ」

相手が左手で胸を押さえ、尻《しり》から路面に落ちた。尻餅をつき、後方に倒れる。それでも、クラブは手放さなかった。

加納は急《せ》かなかった。ほどなく男が上体を起こした。その瞬間、加納は相手の顎《あご》を蹴り上げた。骨と肉が鈍《にぶ》く鳴った。手からアイアンが落ちる。男は、倒れたまま動かない。

加納はゴルフクラブと木刀を道端に蹴り込んだ。

いつの間にか、野次馬が群れていた。三人組はすっかり戦意を殺《そ》がれたらしく、挑みかかってこない。

パトカーのサイレンが近づいてきた。路上の人垣が割れる。最初に臨場したのは、所轄の麻布《あざぶ》署の制服警官だった。中年と若手のペアだ。

パトカーの助手席から、四十三、四歳と思われる男が降りてきた。肩章《けんしょう》で、職階は巡査部長と知れた。

「おい、凶器を捨てろ！　バットを足許《あしもと》に落として、ゆっくりと両手を挙げるんだ」

「ご苦労さん！」

「え？」

「実は同業なんです。このバットは押収したんですよ。人違いで、この三人に襲われたんです」

「おたくが警察官だって⁉　そんなふうには見えないがな」

「はぐれ者だからね、こっちは」

加納は自嘲して、金属バットを路上に置いた。

「そのバットで、倒れてる三人をぶっ叩いたの？」

「アイアンを叩き落としただけですよ。蹴りも入れましたが、正当防衛でしょう。目撃者は何人もいるはずです」

「身内だというなら、警察手帳《パス》を呈示《ていじ》してくれないか。非番の日でも、手帳の携帯は義務づけられてるからね」

巡査部長が促《うなが》した。

加納は焦茶《こげちゃ》のレザーコートの内ポケットからFBI型の警察手帳を取り出し、四十代の地域課員に手渡した。パトカーを運転していた二十七、八歳の巡査長が巡査部長の横に立ち、ペンライトの光を手帳に当てる。

「本庁の警視殿でしたか。大変失礼いたしました。どうかご容赦《ようしゃ》ください」

巡査部長が敬礼し、警察手帳を差し出した。若い巡査長は半信半疑の面持《おもも》ちだった。

「駒崎《こまざき》さん、ポリスグッズの店で買った模造警察手帳とも考えられるんではありませんか」

「おい、無礼だぞ。これは本物だよ。早坂《はやさか》、お詫《わ》びしなさい」

駒崎巡査部長が相棒を窘《たしな》めた。早坂巡査長が緊張した表情で謝罪する。

「気にしないでくれ。この三人は暴走族チームの元総長を恐喝容疑で送致した赤坂署の深沢という刑事を逆恨《さかうら》みしてるようだ」

「この連中は、なぜ加納警視を赤坂署の深沢刑事と間違えたのでしょう？」

「誰かがおれのことを快《こころよ》く思ってないんで、故意に間違った情報を三人に流したのかもしれないな」

加納は答えた。

「警視、事情聴取に協力していただけますよね」

駒崎がおもねるような口調で言った。

加納は警察手帳を受け取り、経緯をつぶさに語った。口を閉じたとき、自動車警邏《けいら》隊や応援のパトカーが続々と到着した。

「後《あと》はよろしく！」

加納は駒崎に言って、人混みの中に紛《まぎ》れた。裏通りをたどって、西麻布方面に進む。どこかで軽く飲み直してから、世田谷区用賀《ようが》にある自宅に戻るつもりだった。

三十九歳の加納は、一年前まで捜査一課の管理官だった。一般警察官《ノンキャリア》ではない。国家公務員Ⅱ種（現・一般職）試験を通った準キャリアである。Ⅰ種試験（現・総合職）合格者の警察官僚《キャリア》に次ぐエリートだ。

加納は警察大学校で六カ月学び終えた時点で、早くも警部補の職階を得た。その一年後には警部になり、さらに二年後に警視に昇進した。

わずか二十六歳で警視になったが、加納にはほとんど出世欲はなかった。Ⅱ種試験を受けたのは単なる運試《だめ》しだった。

Ⅰ種試験（現・総合職）合格者と同様に、満三十歳前後で警視正になることは可能だ。その職階になれば、警察庁課長補佐、県警本部部長、五百人以上の所轄署署長のいずれかに昇格できる。

だが、加納は現在の職階に留《とど》まることを本気で望んでいた。警視正になったら、管理職にしか就《つ》けない。加納は準キャリアでありながら、現場捜査が好きだった。ことに殺人、強盗といった凶悪犯罪の捜査に魅《み》せられていた。

キャリアや準キャリアで停年まで現場捜査に携《たずさ》わりたいと願っている者は、ほかにいないだろう。そういった意味では、加納はまさしく変わり者だった。

それほど現場捜査はスリリングで、やり甲斐《がい》があった。

といっても、別に使命感に衝《つ》き動かされているわけではない。猟犬のように、犯罪者という獲物を追いつめることが愉《たの》しいのである。真相を暴《あば》く快感は格別だった。

加納は警察大学校を卒業すると、渋谷署刑事課強行犯《きょうこうはん》係を拝命した。二年後には池袋署に異動になり、その後、本庁捜査一課強行犯捜査第四係の係長になった。同じポストで第五係、第八係と移り、三十五歳で捜査一課の管理官になった。スピード出世だろう。

捜査一課を取り仕切っているのは、言うまでもなく一課長だ。

ナンバー2と3は二人の理事官である。理事官たちの下には現在、十三人の管理官がいる。要職だが、加納は管理官になっても少しも嬉しくなかった。

管理官は都内の所轄署に設けられた捜査本部に出張《でば》り、主に指揮を執《と》っている。殺人事案に関わっていても、地取りや鑑《かん》取りといった聞き込みはしていない。

加納は、そのことが不満だった。できることなら、殺人犯捜査の主任のままで常に現場捜査を直《じか》にこなしたかった。

そうしたフラストレーションを抱えていた一年前、加納は知り合いの老女を投資詐欺に嵌《は》めた犯罪組織の親玉を徹底的に痛めつけ、三カ月の停職処分を科せられた。

彼は高齢者と女性を労《いたわ》る気持ちが強い。そのことは生い立《おた》ちと無縁ではなかった。

加納は小学三年生のとき、両親を交通事故で亡くした。それ以来、父方の祖父母に育てられた。老人や女性を庇《かば》ってきたのは、祖母に大事にされたせいかもしれない。祖父にも愛情をたっぷりと注がれた。

その祖父母は、数年前に相次いで病死してしまった。亡父は独りっ子だった。祖父母の遺産は加納がそっくり相続し、いまも用賀の戸建て住宅で暮らしている。独身で、特定の恋人はいない。

加納は文武両道ながら、くだけた人間である。遊び好きで、酒と女に目がない。ことに好みのタイプの女性には無防備そのものだった。巧みな嘘も見抜けなかった。

そんなことで、過去に何度も煮え湯を呑《の》まされている。それでも、女好きは変わらない。心と体を癒《い》やしてくれる異性たちを疑うことはなかった。母性愛に飢えているのだろうか。

自宅謹慎中、予想外の展開になった。ある日、堂陽《どうよう》太郎《たろう》副総監に呼び出され、警視総監直属の単独捜査官に任命されたのだ。立浪信人《たつなみのぶと》警視総監の発案で、特捜指令の窓口は三原《みはら》等《ひとし》刑事部長が担《にな》うという。

加納は一瞬、自分の耳を疑った。しかし、空耳《そらみみ》ではなかった。ふたたび現場捜査に関われるのは、願ってもないことだった。

加納は二つ返事で快諾《かいだく》した。

危険手当の類《たぐい》は支給されないが、捜査費はふんだんに遣《つか》えるらしい。捜査車輛として特別仕様のランドローバーが与えられ、拳銃・手錠・特殊警棒の常時携行も認められるという。それだけではない。ある程度の違法捜査には目をつぶってくれるという話だ。もちろん、殺人や窃盗は認められていない。

加納は警視総監付きの特捜刑事として、この一年間に五件の捜査本部事件を解決に導《みちび》いた。といっても、彼の手柄にはなっていない。あくまでも隠れ捜査だった。

加納は警察庁長官公認の広域捜査官でもあった。地方で発生した難事件を二件ほど落着させている。

加納は立ち止まった。

幾度か入ったことのあるカウンターバーの軒灯《けんとう》が目に留《と》まったからだ。大人の客が多く、寛《くつろ》げる酒場だった。シングルの男女が出会いを求める場でもあった。

加納は店の扉を押した。

止まり木は半分ほど埋まっていた。三、四十代の男女が目立つ。BGMはビル・エヴァンスのジャズピアノだ。洗練された都会的なサウンドが耳に心地よい。

加納はカウンターの左端に落ち着き、初老のバーテンダーにバーボン・ロックと生ハムを注文した。バーボン・ウイスキーはブッカーズを選んだ。

加納はラークに火を点け、さりげなく店内を見回した。

右端に坐った四十代前半の男が若いバーテンダーを手招きし、カウンターの中央にいる二十代半《なか》ばの彫《ほ》りの深い美女に視線を向けた。その彼女に連れはいなかった。

どうやら四十年配の男はお目当ての女性にカクテルを振る舞い、親しくなるきっかけを作りたいようだ。加納も二十代のころ、同じことをした覚えがある。

白人とのハーフっぽい顔立ちの美人は、どんな反応を示すのか。加納は好奇心を膨《ふく》らませながら、ゆったりと紫煙をくゆらせた。

煙草《たばこ》の火を灰皿で揉《も》み消したとき、若いバーテンダーが美女の前にカクテルグラスを置いた。

グラスの中身は白っぽかった。ドライジンをベースにしたホワイトレディーか。あるいは、アレキサンダーズ・シスターかもしれない。

四十絡《がら》みの男が自分のグラスを高く翳《かざ》して、色っぽい美女にほほえみかけた。女性は曖《あい》昧《まい》に軽く頭を下げただけだった。

脈はなさそうだ。

少し待つと、バーボン・ロックと生ハムが運ばれてきた。加納はグラスを傾けながら、改めて店内を眺《なが》めた。ワンナイトラブの相手になってくれそうな女性は見当たらない。だからといって、別に落胆はしなかった。よくあることだった。

二杯目のバーボン・ロックを空けたとき、カウンターの右端で四十年配の男が聞こえよがしに大声で厭味《いやみ》を言った。

「小娘じゃあるまいし、愛想がなさすぎるな」

「わたしに言ってるのね？」

派手な造りの美女が四十男に挑発的な眼差《まなざ》しを向けた。白っぽいカクテルは、そのままになっている。

「ああ、そうだよ。そのアレキサンダーズ・シスターは、一杯千三百円なんだぞ。一口ぐらい飲むのが礼儀ってもんじゃないかっ」

「わたし、ジンをベースにしたカクテルは苦手なんですよ。それに、飲まなきゃいけない義務はないでしょ？」

「生意気な女だ。ちょっとルックスがいいからって、いい気になるな」

「言いがかりをつけないでちょうだい。いまどきカクテル一杯で女を口説《くど》けると思ってるんだったら、勉強不足なんじゃない？」

「ふざけんな。そんな下心があったわけじゃない。なんか淋《さび》しそうに見えたんで、話し相手になってやろうと思っただけなんだ」

「嘘ばっかり！　欲望で目をぎらつかせてたくせに」

「おいっ、失礼じゃないか。もう勘弁できない」

四十年配の男は額に青筋を立て、スツールから滑り降りた。ハーフっぽい美女につかつかと歩み寄り、カクテルグラスを指さした。

「一口だけでも飲めよ！　飲まなかったら、おまえの顔面をカウンターに叩きつけてやるっ」

「おたくこそ自分の席に戻らないと、一一〇番するわよ」

美女が言い返した。

すると、男が女の頭髪を引っ掴《つか》んだ。三人のバーテンダーが一斉に顔をしかめた。

だが、四十絡みの男は冷静さを取り戻さなかった。彫りの深い女性の髪を強く引き絞りながら、カクテルグラスを手前に引いた。グラスの中の液体が波立ち、少しカウンターに零《こぼ》れた。

「誰か救《たす》けて！」

美女が悲鳴をあげた。しかし、仲裁に入る客はいなかった。バーテンダーたちも困惑顔で黙り込んでいる。興奮した客を窘《たしな》めようとしない。

やむなく加納はスツールから離れ、カウンターの反対側に大股で向かった。身長は百七十二センチだが、筋肉は発達している。

加納は柔道と剣道の有段者だ。それぞれ三段で、大学時代はボクシング部に所属していた。腕っぷしは強い。

「いい加減にしろよ」

「なんだよ、あんた！　余計な口出しはやめてくれ」

「見苦しいぞ。いいから、自分の席に戻れ」

「偉そうな口を利《き》くな。あんたこそ、目障《ざわ》りだっ」

四十男が気色《けしき》ばんだ。加納は相手を羽交《はが》いじめにし、強引にトイレの中に押し込んだ。

「売られた喧嘩は買うぞ」

「パトカーに乗せられたくなかったら、おとなしく退散するんだな」

「あんた、お巡りなのか⁉」

男が声を裏返らせた。

加納は手を放し、警察手帳を見せた。そのとたん、相手はうなだれた。

「すぐ引き揚げるなら、パトカーは呼ばない。どうする？」

「帰る、帰りますよ。先月、会社の追い出し部屋に入れられたんだ。警察沙汰になったら、すぐに解雇されるだろう」

「消えてもらおうか」

加納は言った。

四十年配の男がぺこりと頭を下げ、あたふたとトイレから出ていった。加納もトイレから出た。男は勘定を払うと、そそくさと退散した。

例の美女が走り寄ってきた。

「ありがとうございました。お礼に何か奢《おご》らせてください」

「そんな気遣いは無用です」

「お連れの方がいらっしゃるのかしら？」

「いいえ」

「それでしたら、ご一緒させてください。ご迷惑でしょうか？」

「そんなことはないが……」

「なら、そうさせて。お願い！」

「強引だな。わかった、一緒に飲《や》ろう」

加納は美しい女性を自分の隣のスツールに腰かけさせ、マタドールというカクテルを振る舞った。

テキーラをベースにしたカクテルだ。アルコール度数は十二度と低い。パイナップルジュースとライムジュースをシェイクしてあるからだろう。

「わたし、速水未来《はやみみく》といいます。ジュエリーデザイナーです、一応ね」

「たいしたもんだな、まだ若いのに」

「若く見られるけど、今月の末に二十七歳になっちゃうの。あなたのような侠気《おとこぎ》のある男性に、わたし、弱いのよ。お名前、うかがってもよろしいかしら？」

「中村《なかむら》、中村太一《たいち》だよ」

「それ、偽名っぽいわね。ま、いいわ。身許調べは不粋《ぶすい》ですものね。愉《たの》しく飲みましょう。ね？」

未来が流し目をくれた。ぞくりとするほど色っぽかった。今夜、何かが起こりそうな気がしてきた。

未来はマタドールを二口《ふたくち》で空けると、スタンレーをオーダーした。ラムとジンが同量のカクテルだ。アルコール度数は三十四度と高い。

「わたし、あなたのことをもっと深く知りたいわ」

「こっちも同じ気持ちだよ」

「わたしたち、波長が合いそうね」

「そんな気がするな」

加納は相槌を打った。未来が艶然《えんぜん》とほほえみ、加納の太腿《ふともも》に手を置く。

大きくて、骨太だった。加納は、未来の喉仏を盗み見た。尖《とが》っている。乳房はシリコンで豊かにしているようだが、おそらく男だろう。ニューハーフと思われる。

「朝まで一緒にいたいわ。いいでしょ？」

「そうしよう」

「嬉しいわ。ちょっと化粧室に行ってきます」

未来がスツールを降り、トイレに向かった。

加納は、目顔《めがお》でバーテンダーにチェックを頼んだ。支払いを済ませたら、駆け足で店から遠のく気でいる。ニューハーフと肌を重ねる気はなかった。

加納は止まり木の横に立ち、レザーコートの内ポケットから札入れを取り出した。

2

焦《こ》げ臭い。

加納はリビングソファから立ち上がって、ダイニングキッチンに走った。用賀の自宅だ。六本木の裏通りで立ち回りを演じた翌日の午前十一時過ぎである。

ハムエッグを作っている途中で、居間で朝刊を拡《ひろ》げた。すぐにレンジの前に戻るつもりでいたが、つい無差別殺人事件の記事を読み耽《ふけ》ってしまったのだ。

加納はレンジの火を止め、換気扇のスイッチを入れた。フライパンの中で、ハムと卵が黒く焦げている。食べられそうもない。

「なんてことだ」

加納はぼやいて、フライパンの中身をシンクのごみ入れに投げ入れた。ハムエッグを作り直す気にはなれなかった。

加納はイングリッシュ・マフィンを焼き、マグカップにコーヒーを注いだ。ダイニングテーブルに向かい、マフィンにバターをたっぷりと塗る。

単独捜査官の加納は毎日、登庁する必要はなかった。特捜指令が下《くだ》されなければ、休日と同じだった。非番の日は、たいがい午前十一時近くまで寝ている。

基本的には一日二食だった。正午前にブランチを摂《と》り、五時前後に軽く夕飯を食べる。ほぼ毎晩、梯子酒《はしござけ》をして肴《さかな》を何品も喰《く》らう。

実質的には、一日三食と同じだろう。栄養のバランスもちゃんと考えている。別に健康オタクではないが、死んだ祖母の言いつけや助言は無視できなかった。

時間があれば、加納は自炊もしている。家庭料理は、ほとんど作ることができる。祖母直伝《じきでん》の味付けだった。

加納は自分で洗濯もする。シャツの皺《しわ》の伸ばし方は中学生のときに祖母に教わった。掃除も厭《いと》わない。相続した家屋《かおく》は６ＬＤＫだ。各室を入念に掃除すると、一時間以上はかかる。

敷地も二百坪近くあって、庭木が多い。年に一度だけ植木職人に樹木の枝を払ってもらっているが、ふだんは加納が庭木の手入れもしていた。

夏には、芝も刈っている。鋏《はさみ》の使い方と枝の払い方を伝授してくれたのは祖父だった。祖父が丹精を込めて育てていた盆栽は枯らしてしまった。加納は墓参りをするたびに、そのことを謝っている。

食事を摂《と》り終えたとき、ダイニングテーブルの上に置いた刑事用携帯電話《ポリスモード》が着信音を発した。加納は反射的にポリスモードを摑み上げた。

発信者は三原刑事部長だった。刑事部長はちょうど五十歳で、加納と同じ準キャリアである。気骨があって、頼りになる存在だった。

「特捜指令ですか？」

加納は訊《き》いた。

「そう。十一月二日の夜、歌舞伎町の裏通りでノンフィクション・ライターが刺し殺された事件《ヤマ》は知ってるね？」

「ええ。被害者《マルガイ》は堀越勇介《ほりこしゆうすけ》という名で、硬派のライターだったんでしょ？」

「そうだったらしい。享年《きょうねん》四十一だった」

「新宿署に捜査本部《チョウバ》が設置されて、本庁《うち》の殺人犯捜査九係の十四人が第一期捜査に当たったと聞いてますが……」

「そうなんだ。捜査本部は通り魔殺人事件として聞き込みを開始したんだが、有力な手がかりは掴めなかった。凶器は両刃のダガーナイフと推定されたんだが、現場には遺留《いりゅう》されてなかったんだ。不審者の目撃証言はあったんだが、その人物は事件には関与してなかったんだよ」

「三原刑事部長、確か事件発生から数日後に犯人を名乗る男が新宿署に出頭したはずでしたね」

「出頭したのは失業中の元システムエンジニアの清水秀一《しみずしゅういち》、三十三歳だよ。清水は再就職活動がうまくいかないんで、前途を悲観して厭世的《えんせいてき》な気持ちになったようだな。しかし、自殺するだけの度胸はなかった。それで通り魔殺人を二、三件やって、死刑になりたかったんだと犯行動機を述べたんだ。だがね、供述内容は矛盾だらけだったんだよ」

「身替り犯臭かったわけですね」

「そう。だから、捜査本部は清水秀一をわざと泳がせたんだが、二日後に不審死してしまったんだ。足を滑らせて、港区港南《こうなん》の高浜《たかはま》運河に落ちて水死したんだよ。単なる事故死と片づけていいものかどうか……」

「他殺の疑いがありそうですね」

「そうなんだが、他殺説を裏付ける証拠も見つからなかったんで、一カ月の第一期捜査では堀越勇介と清水秀一の二人の死の真相に迫れなかったんだよ」

「二期捜査に追加投入するのは?」

「三係の十四人を投入することになった。それと並行して、きみに密行捜査をしてもらいたいんだ」

「わかりました」

「午後一時に十一階の警視総監室に来てもらえないか。初動及び第一期捜査資料と鑑識写真を用意しておく。それじゃ、後《のち》ほどな」

三原刑事部長が通話を切り上げた。

加納は刑事用携帯電話《ポリスモード》を所定のポケットに移すと、手早くマグカップやパン皿を洗った。それから、洗面所に足を向けた。歯を磨き、浴室で熱めのシャワーを浴びる。ついでに、髭《ひげ》も剃《そ》った。

加納は一息入れてから、身仕度をした。寝室の奥にあるスチールロッカーからオーストリア製のグロック32を取り出す。コンパクトピストルだが、複列式の弾倉《マガジン》には十五発の実包《じっぽう》が詰まっていた。

一般の警察官には、S《スミス》&W《ウエッソン》のM360J、シグ・ザウエルP230JPなどが貸与されている。公安捜査員や女性警察官は小型拳銃を使うケースが多い。

加納はショルダーホルスターにグロック32を収め、ツイードジャケットを羽織《はお》った。その上に黒革のハーフコートを重ねる。

加納は窓の内鍵を締めて、玄関を出た。

カーポートにはマイカーのボルボとランドローバーが並んでいる。加納は灰色のランドローバーの運転席に乗り込み、まずグローブボックスの蓋《ふた》を開けた。ウエスの奥に手錠と特殊警棒が収まっている。

加納はダッシュボードのパネルを手前に引き、警察無線を点検した。異常はなかった。無線のアンテナは装備されているが、捜査車輛と看破《かんぱ》されることはないだろう。車検証の所有者は、加納の名義になっていた。当然、民間ナンバーだ。

警察車輛のナンバープレートには、たいがい数字の頭にさ行かな行のいずれかの平仮名が付いている。犯罪者の多くは、そのことを知っているにちがいない。

加納は車のエンジンを始動させ、穏《おだ》やかに発進させた。

住宅街を走り抜け、玉川《たまがわ》通りに出る。桜田門《さくらだもん》にある警視庁本部庁舎に着いたのは、午後一時十分前だった。ランドローバーを地下三階の車庫に置き、中層用エレベーターに乗り込む。

加納は十一階で函《ケージ》から出て、警視総監室に向かった。同じフロアに公安委員室、副総監室、総務部長室、企画課、人事第一課などがある。

ほどなく加納は、警視総監室に達した。

それほど緊張はしていない。五十四歳の立浪警視総監はおよそ四万六千人の警視庁全体を束ねているが、尊大ではなかった。気さくな警察官僚《キャリア》だった。警視監の堂副総監も厭味《いやみ》なエリートではない。

加納はドアをノックし、大声で名乗った。

「おう、入ってくれ」

立浪警視総監自身が応答した。加納は警視総監室に足を踏み入れた。

正面の窓際に両袖机が置かれ、手前に十人掛けのソファセットが据《す》えてある。コーヒーテーブルの向こう側に立浪と堂が並んで腰かけ、三原刑事部長は出入口寄りのソファに腰かけていた。三人とも制服姿だった。

「また、加納君の力を借りることになった。ま、坐ってくれないか」

堂副総監がにこやかに言って、刑事部長の隣席を手で示した。ロマンスグレイで、学者のような風貌だ。

加納は一礼し、三原刑事部長のかたわらに腰を落とした。

「ざっと捜査資料に目を通してもらったほうがいいだろう」

立浪が三原刑事部長に指示を与えた。三原がうなずき、薄茶のファイルを加納に手渡す。

加納はファイルを膝の上に置き、表紙とフロントページの間に挟まれた鑑識写真の束《たば》を掴み上げた。二十数葉《よう》あった。

死体写真を眺めるのは辛《つら》い作業だった。だが、それを回避してはならない。何か事件の謎を解くヒントが隠されていることもある。

加納は鑑識写真を一枚ずつ繰《く》りはじめた。

通行中に胸部を刃物で一突きにされた堀越勇介は、ほぼ即死だったのだろう。両目を大きく見開いている。口は半開きだ。

苦痛の色よりも、驚愕《きょうがく》の色が濃い。心臓のあたりは鮮血に染まっている。惨《むご》たらしかった。

「救急車が到着したときは、すでに被害者の心肺は停止してた」

刑事部長が呟《つぶや》くように言った。

「救急病院に運ばれた時点で、死亡が確認されたんですね？」

「そうなんだ」

「気の毒に……」

加納は写真の束を卓上に置き、東京都監察医務院から出された司法解剖所見の写しを見た。被害者の死亡推定日時は、十一月二日午後十時十分から四十分の間とされていた。

加納は事件関係調書に目を通しはじめた。

事件通報者は、現場近くにある飲食店の男性店員だった。買物のために店の外に出ると、被害者が路上に仰向けに倒れていたらしい。呼びかけたが、まったく応答はなかったと証言している。

本庁機動捜査隊と新宿署刑事課は合同で地取りと鑑《かん》取りに励んだ。特に目撃者捜しに力を入れたようだが、何も手がかりは得られなかった。事件現場付近の飲食店から防犯カメラのハードディスクを借り受けて映像分析に熱を入れたが、結果は虚《むな》しかった。

数日後、本庁は新宿署の要請を受けて捜査本部を設置した。被害者は社会派ノンフィクション・ライターだったようで、マスコミでタブーとされているテーマに挑《いど》んできた。

捜査本部は取材対象者の中に加害者がいると睨《にら》み、堀越が刺激した巨大宗教組織、政治結社、広域暴力団、芸能界、ゼネコン大手、格闘技興行界、食肉業界、遊技業界、電力会社、裏経済界などを徹底的に調べ上げた。しかし、疑わしい人物は捜査線上には浮かばなかった。

加納は速読術を心得ている。わずか数分で、捜査の流れは把握できた。

「今度の事件は厄介《やっかい》そうだな」

加納はファイルを閉じ、思わず唸ってしまった。すると、堂副総監が口を開いた。

「殺害された堀越は、今春に怪死した反原発運動のリーダーの死の真相を嗅ぎ回ってた」

「ええ、資料にはそう記述されてますね」

「不審死した反原発運動のリーダーは下戸《げこ》だったのに、アルコール中毒死した。運動に挫折感を覚え、自殺した可能性もゼロではないが、そうではないだろうね」

「謎めいた亡くなり方をしたリーダーは、去年の秋、電力会社に雇われた荒っぽい男たちに襲われて全治二カ月の怪我を負ったと記述されてます」

「そうだね。死んだリーダーが、電力各社から架空の講演料を貰ってた原発推進派の文化人たちのリスト作りをしてたことは裏付けが取れた。そうした事実を考えると、どこかの電力会社が反原発運動のリーダーを自殺に見せかけて犯罪のプロに始末させたとも疑える」

「捜査本部は、そのあたりのことはとことん調べたんでしょ？」

「よく調べたらしいよ。特に福島の除染作業を請け負ってる暴力団関連会社の作業員たちをな。だが、電力会社から殺人依頼をされた者はいなかったそうだ。刑事部長、そうだったね？」

「ええ。捜一の担当管理官はもちろん、理事官からも同じ報告を受けました」

三原が答えた。

「そうなら、わたしの読み筋は外れてたんだろう。反原発運動のリーダーが自殺するために多量のアルコールを摂取《せっしゅ》したとは考えにくいが、電力会社のどこかが殺人《コロシ》の依頼人ではなさそうだね」

「ええ、そう思います。本部事件の被害者が反原発運動のリーダーの死の背景を探《さぐ》っていたことは間違いない事実なんですが、結局、自殺か他殺かはわからなかったんでしょう」

「そうなんだろう」

「刑事部長、資料には、堀越勇介と身替り犯だったと考えられる清水秀一にはなんの接点もなかったと記《しる》されてましたが……」

加納は三原に顔を向けた。

「その二人の死はリンクしてるにちがいないと考えてたんだが、どうも間接的な繋《つな》がりさえなかったようなんだよ」

「捜査が甘かったのかもしれませんね。身替り犯と思われる清水秀一は不審死しているんです。行政解剖の結果、清水の胃からアルコールはまったく検出されませんでした」

「東京都監察医務院は、所轄署にそういう所見を出してるね。酔ってもいない大人が足を滑らせて運河に落ちるとは思えないんだが、そういうこともないとは言い切れないんじゃないのかな」

「しかし、調書には清水はまったくの金槌《かなづち》だったと書かれてました」

「複数の遺族の証言があったそうだから、清水が泳げなかったことは確かなんだろう」

「水泳が苦手だったら、運河の岸壁には近づかないでしょ？　接近する前に足が竦《すく》むはずです。堀越と清水は生前、会ったこともなかったんでしょうね。しかし、間接的には結びついてたにちがいありません。それだから、堀越を刺し殺したと新宿署に出頭した清水は真犯人《ホンボシ》自身か、その関係者に高浜運河に突き落とされたと考えられます」

「そういう推測もできるんだが、あいにく清水が運河に落下したところを目撃した者は皆無なんだ。真夜中のことだったようなんでね」

「三原刑事部長、加納君の読み筋は正しいと思うよ」

　立浪警視総監が口を挟んだ。

「なぜ、そうおっしゃれるのでしょう？」

「金槌だった清水が夜中に運河に近寄るわけがない。実はわたしの妻も、まったく泳げないんだよ。子供のころにプールで溺《おぼ》れかけたことがあったとかで、池、川、海のそばに行くと、きまって身を竦ませる」

「そうなんですか」

「清水は身替り犯になった謝礼を貰う気で、待ち合わせ場所に指定された高浜運河のそばまで行ったんだろう。恐怖と不安を捩伏《ねじふ》せたのは、少しまとまった報酬が欲しかったからなんだろうな。失業中で金が必要だったんだと思うよ。本部事件の加害者は、もしかしたら、堀越を殺害した件で清水に多額の口止め料を要求されたのかもしれないぞ」

「警視総監、それは考えられると思います」

加納は刑事部長よりも先に言葉を発した。

「清水は欲を出して、五百万ぐらい要求したんじゃないのか。いや、犯人がリッチなら、数千万円を要求したのかもしれないな」

「ええ、考えられますね。堀越の口を封じた加害者は清水に際限《さいげん》なく強請《ゆす》られることを恐れたんで、誰かに片づけさせたのかもしれません。犯人《ホシ》は、清水が金槌であることを知ってたんでしょう」

「捜査本部の連中は清水の交友関係も洗ったはずなんだが、身替り出頭を頼んだ人間までは割り出せなかったようだ」

「そうみたいですね。捜査本部は堀越勇介の妻、血縁者、友人、ライター仲間、編集者に一通り接触したようですが、有力な手がかりは得られませんでした。捜査資料を読みながら、その理由を考えてみたんですよ」

「聞き込みがラフだったんだろうか」

「いや、そうではないでしょう。殺人犯捜査係の連中は優秀なんで、聞き込みが甘かったとは思えません」

「だろうね」

「昔のトップ屋ほどではないでしょうが、ノンフィクション・ライターは仕事に関しては秘密主義者が多いんではありませんか。取材内容をうっかり喋ったら、同業のライターにスクープ種《ネタ》を横奪《ど》りされるかもしれませんので」

「その恐れはあるだろうね。しかし、親兄弟や友人はともかく、奥さんには取材内容はある程度は話してたんじゃないのか。まさか妻が夫のスクープ種《ネタ》を誰かに売るなんてことはないだろうからな」

「ええ。捜査資料をじっくり読んでから、最初に被害者の奥さんに会ってみます」

「ああ、そうしてくれないか。期待してるよ」

「ベストを尽くします」

「刑事部長、当座の捜査費として二百万円渡してやってくれないか」

立浪が言って、ソファの背凭《もた》れに上体を預けた。

三原がかたわらに置いた茶封筒を摑み上げた。厚みがあった。

「例によって、領収証は必要ない。情報を金で買ってもかまわないよ。足りなかったら、すぐに補充する」

「わかりました。お預かりします」

加納は両手で茶封筒を受け取った。

3

エレベーターが停止した。

五階だった。『中野レジデンス』だ。堀越勇介の自宅である。八階建ての賃貸マンションは、JR中野駅から五、六百メートル離れた場所にあった。

加納は函《ケージ》から出ると、五〇七号室に向かった。

捜査情報で被害者の妻のことはわかっていた。真弓《まゆみ》という名で、三十八歳だった。フリーの校閲者《こうえつしゃ》らしい。夫婦に子供はいなかった。

加納は五〇七号室のインターフォンを鳴らした。未亡人が自宅で校正の仕事をしていることも、捜査資料に付記されていた。

午後二時を回ったばかりだ。堀越真弓は自宅にいるだろう。

ややあって、女性の声で応答があった。

「どなたでしょう？」

「警視庁の者です。堀越勇介さんの奥さんですね」

「はい。夫を殺した犯人が捕まったのでしょうか？」

「残念ながら、そうではありません。第二期捜査に入って、再聞き込みをさせていただくことになったんですよ」

加納はもっともらしく言った。

「そうなんですか」

「別の捜査員がうかがったことを質問させてもらうことになりますが、どうかご協力を
……」

「わかりました」

スピーカーが沈黙した。

象牙色《ぞうげいろ》の玄関ドアが開けられ、真弓が顔を見せた。色白で、いかにも聡明《そうめい》そうだ。

加納は警察手帳を手早く見せ、姓だけを名乗った。殺人事件の側面捜査を担当していることは告げたが、所属のセクションは明かさなかった。いつものことだった。

それでも、怪しまれなかった。捜査一課の正規の強行犯係と思われたのだろう。加納は新聞記者やフリージャーナリストになりすまして情報を集めることもあったが、事件被害者の遺族には刑事であることを明らかにするケースが多い。

「どうぞお入りください」

真弓が玄関マットの上にボアのスリッパを並べた。加納は靴を脱いで、スリッパを履《は》いた。

「話をうかがう前に、お線香を上げさせてもらえますでしょうか」

「はい。こちらにどうぞ」

真弓が案内に立った。間取りは3LDKのようだ。

故人の遺骨はLDKの右手にある和室に安置されていた。八畳間だった。

仏壇は見当たらない。白布の掛かった座卓の上に骨箱と供物《くもつ》が載《の》っている。位牌《いはい》はなかったが、遺影は飾られていた。香炉もある。

「堀越は無宗教でしたので、家族葬で済ませたんですよ。姑《しゅうとめ》が戒名はなくても、せめて線香を手向《たむ》けたいと言ったものですので、香炉を……」

「そうですか」

加納は未亡人に一礼し、遺影の前で正坐した。

遺影は笑っていた。清々《すがすが》しい笑顔だった。加納は二本の線香を手向け、目をつぶって合掌した。故人の冥福を祈り、ふたたび真弓に頭を下げる。

「花も用意してこないで、すみません」

「いいえ、気になさらないでください。居間に移りましょうか」

真弓が言って、先に和室を出た。加納は立ち上がり、未亡人に従った。真弓は加納をリビングソファに坐らせると、手早く茶を淹《い》れた。

「奥さん、どうかお構いなく」

「粗茶を差し上げるだけですので……」

真弓が鎌倉彫りの盆を持って居間に戻ってきた。緑茶を加納に供し、向かい合わせに浅く坐る。

「捜査本部のメンバーはそれぞれベストを尽くしたはずですが、いまだ容疑者を絞り込めていません」

「自分が犯人だと名乗り出た清水秀一という男は、事件には関与してなかったようですね。そのことは、九係の主任の方から聞きました」

「そうですか。清水は身替り犯だったんでしょう。捜査本部はそう判断したんで、清水を釈放した。しかし、二日後に不審死してしまいました」

「ええ。真夜中に足を滑らせて高浜運河に落ちて水死したということでしたが、本当に事故死だったのでしょうか」

「真犯人か、その関係者に運河に突き落とされたんではないかと思ってます。清水は金槌だったんですよ。泳げない者が真夜中に運河の岸壁に近づくとは考えにくいでしょ？」

「ええ、そうですね。でも、加害者側の人間は身替り犯役を引き受けた清水という男をなぜ始末したんでしょう？」

「まだ推測の域を出てませんが、清水はご主人を殺害した加害者に口止め料を要求したんでしょうね。その要求額が高かった。払い切れないし、たかられつづけるかもしれません。それで、犯人は清水を葬《ほうむ》ったんだと思います」

「そうなんでしょうか」

「これまでの調べで、堀越さんと清水に接点がないことはわかっています。しかし、二人には間接的な繋がりはあるのではないでしょうか」

「そうなのかしら？」

「堀越さんは社会の暗部や恥部を鋭く抉《えぐ》ってましたので、取材対象者には快く思われてなかったでしょう。取材妨害をされたことが何度もあるんではありませんか？」

「ええ、ちょくちょくあったようです。刃物を突きつけられたり、銃口を向けられたりしたみたいですよ。それから、車に撥《は》ねられそうになったこともありました」

「ご主人は、それでも脅迫には屈《くっ》しなかったんですね」

「堀越は、ジャーナリストはあらゆる圧力を撥ねのけて真実を伝えなければならないと考えていました。反社会勢力と繋がっている犯罪やスキャンダルを暴《あば》けば、危険な目に遭《あ》いますよね」

「ええ」

「堀越は独身ではありませんでした。妻がいるのだから、あまり無鉄砲なことはしないでほしいと一年半ぐらい前に言いました。夫は神妙な顔で黙って聞いてましたね。それからです、わたしに仕事のことを一切《いっさい》話さなくなったのは。それだから、最近は堀越がどんな取材をしてるのか、ほとんど知りませんでした。月刊誌や週刊誌に載った短期集中のノンフィクションは、すべて読みましたけどね」

「そうですか。単行本用の取材もされてたと思うのですが、遺品の中に取材メモ、デジタルカメラのSDカード、ICレコーダーなんかはなかったそうですね？」

「ええ、そうなんですよ。アンタッチャブルなテーマを追っていることを妻に知られると反対されると思って、夫はそうした物をどこかに預けていたのかもしれません」

「ご主人がコンテナ型のトランクルームか、セカンドハウスを密かに借りてたとは考えられませんか？」

加納は問いかけた。

「それは考えられません。日本にはコンスタントに年収一千万円以上稼いでるノンフィクション・ライターは十人もいないんじゃないですか。多くの方は五百万円前後の収入しかないはずです。著名なライターには新聞社、通信社、出版社などから何百万円という取材費が出ますが、そのほかの書き手は自費で取材してるんですよ」

「そうらしいですね」

「単行本がベストセラーになれば、多額な印税収入がありますけど、そんな好運なことはめったにありません。堀越はハードカバーで十六冊の著書を大手と準大手の出版社から出していただきましたけど、重版になったのは数冊でした。ですので、取材費を差っ引くと原稿料も印税もさほど多くないんですよ。わたしが校正の仕事をしてますので、人並に生活はできてましたけどね」

「トランクルームとかワンルームマンションを借りるだけの余裕はなかったわけですか。ご主人が仕事に関する資料を福井のご実家に預けてなかったことはわかっているのですが、親しい友人に保管してもらってたとは考えられません？」

「堀越は交際下手だったので、友人は多くないんですよ。田舎の幼友達には気を許してましたけど、義母の話ですと、誰も何も預かってなかったそうです」

「ライター仲間で一番親しかったのは、堀越さんと同《おな》い年の梶原宗哉《かじわらむねや》さんみたいですね」

「ええ。二人とも元雑誌編集者なので、何かと話が合ったんでしょう。でも、梶原さんも夫からは何も預かってないとおっしゃっていました。弔問《ちょうもん》に見えられたとき、わたし、梶原さんに訊《き》いてみたんですよ」

「そうですか。ご主人が梶原さんには、仕事のことを話してたとは考えられませんかね。ライバル関係にあるわけですが、どちらも社会派ライターみたいですから。だいぶ前に梶原さんの署名ルポを読んだことがあります。巨大宗教組織が相変わらず強引な方法で信者集めをして、内部の異分子潰《つぶ》しに精を出し、言論人とマスコミを敵と味方に分けていることにファシズムの気配がうかがえるとストレートに結んでました」

「梶原さんも硬骨漢ですので、タブーを恐れてはいないでしょう。でも、お互いに取材内容を明かし合うことはなかったと思いますよ」

「そうかもしれませんね。気が合うとはいえ、商売敵でもあったわけですから」

「ええ」

「ご主人が信頼してた雑誌編集者がいたら、教えていただけますか」

「『現代公論』の副編集長の西丸望《にしまるのぞむ》さんのことは尊敬していたようです。西丸さんは上司の反対を押し切って、幾度も夫の原稿を『現代公論』に載せてくれたんです。そのつど、重役たちに次の人事異動で窓際部署に飛ばすと威《おど》されたらしいんですけどね」

「そうですか」

「同業の梶原さんはともかく、現代公論社の西丸さんなら、何か知っているかもしれません。ただ……」

真弓が口ごもった。

「副編集長は警察嫌いなんじゃありませんか」

「あら、わかっちゃいました？」

「ええ、まあ。警察官の中には国家権力を笠に着て、市民に横柄な態度をとる奴がいますからね。アレルギーを起こす方がいても、当然でしょう」

「警察の方は身内意識が強いと言われてますけど、批判精神のある方もいらっしゃるのね」

「もちろんですよ。尊大な奴がいることは否定しませんが、まともな警察官もいます。むしろ、そういう連中のほうが多いんです」

加納は茶を一口啜《すす》って、暇《いとま》を告げた。真弓に見送られ、五〇七号室を出る。加納はランドローバーに乗り込むと、運転席側のドアポケットからファイルを抜き取った。

捜査本部事件の関係調書で、フリージャーナリストの梶原宗哉の住所を確認する。被害者のライター仲間は、杉並区天沼《あまぬま》三丁目に住んでいた。マンション暮らしだった。

加納は特別仕様の捜査車輛を走らせ、中央線に沿って荻窪《おぎくぼ》方面に向かった。高円寺《こうえんじ》、阿《あ》佐《さ》ヶ谷《や》駅を通過し、さらに進む。

目的の低層マンションは、商店街の裏手にあった。

三階建ての建物は老朽化が目立つ。外壁はベージュだが、だいぶ色褪《いろあ》せていた。築三十年近く経《た》っているのではないか。

加納は低層マンションの真横にランドローバーを駐《と》め、集合郵便受けに歩み寄った。梶原の部屋は三〇一号室だった。

エレベーターは設置されていない。加納は階段を駆け上がった。三〇一号室は、三階の手前の角部屋だった。加納は部屋のチャイムを響かせた。

ドア越しにスリッパの音が聞こえ、男の声がした。

「何かのセールスだったら、お断りする。貧乏暮らしなんで、何も買えないんだ」

「セールスではありません。梶原さんですね？」

「そうだけど、どなた？」

「警視庁の者です。堀越さんの事件のことで、捜査にご協力願いたいんですよ」

加納は言って、苗字だけを告げた。

「もう聞き込みは受けました。知ってることは、刑事さんに話しましたよ。新宿署と本庁の捜査員が二人で訪ねてきたんです」

「そのことは知っています。捜査が二期目に入ったので、支援要員のわれわれが駆り出されたわけですよ。これまでの捜査の流れは、もちろん把握してます」

「でしょうね」

「何か聞き洩《も》らしてしまったことがあるかもしれないので、被害者と交友のあった方々を訪ねてるわけです」

「そうなのか。外は寒いから、とりあえず入ってください」

梶原がドアを開けた。加納は三〇一号室に入り、後ろ手にドアを閉めた。

室内は暖かかった。間取りは1DKだろう。部屋の主は綿ネルの長袖シャツの上に、灰色のフリースを重ねている。スポーツマンタイプで、ライターには見えなかった。

「実は、少し前に堀越さんの奥さんにお目にかかってきたんですよ。故人は仕事のことを奥さんには話してなかったらしいんで、こちらにお邪魔した次第です」

「そうなんですか」

「堀越さんが最も親しくしてたライター仲間は、あなただそうですね。奥さんがそうおっしゃってました」

「ええ、その通りです。彼は雑誌編集者時代から顔見知りだったんですよ。自分のほうが一年早くフリーになったんですが、堀越も独立したんで、なんとなく親しくなったんです」

「同業者同士なんですから、情報交換もされてたんでしょう？」

「売れっ子ノンフィクション・ライターたちの取材方法とかテーマ選びに関する情報は教え合ってましたね」

「お互いの取材内容を教え合ってもいたんですか？」

加納は畳みかけた。

「いや、そういうことは一度もありませんでした。別に堀越に出し抜かれることを警戒してたんじゃないんですが、取材内容を喋ったりはしませんでしたよ。スクープ種を横奪《ど》りされるかもしれないという疑心暗鬼に陥《おちい》ってたわけじゃないんです」

「どういうことなんでしょう？」

「テーマを決めて取材を開始しても、途中で断念することはあるんですよ」

「それは、どこからか圧力がかかったんで、諦《あきら》めざるを得なかったということですか？」

「そうじゃありません。われわれは、どっちも誰も書けなかった日本のタブーを取材対象にしてました。取材妨害は常にあるんですよ。しかし、それでいちいちビビってたら、真のジャーナリストとは言えません」

「そうでしょうが、命を狙われることもあるんでしょ？」

「ええ、ありますね。ですが、真実を伝えるためには命を賭《と》してもいいという覚悟とか、開き直りがなければ、硬派のフリーライターは務《つと》まりません」

「ですが、命のスペアはないんですから……」

「まったく怯《おび》えないと言ったら、嘘になります。まだ死にたくないとは思いますよ。誇れるような仕事をしてないうちに、むざむざと殺されたくはありません」

「当然でしょうね」

「しかし、尻尾《しっぽ》を巻いたら、もはやジャーナリストとは言えないでしょ？　広告収入で支えられてる多くのメディアはどうしてもスポンサーの顔色をうかがいがちです。大きな組織を存在させるには仕方のないことでしょう。外部のさまざまな圧力に抗しきれずに自ら言論の自由を棄《す》てざるを得ないこともあります」

「それがマスメディアの弱点でしょうね」

「一匹狼のフリージャーナリストがそんなふうに折り合いをつけてしまったら、存在価値がなくなるでしょう。われわれは気骨のある媒体を舞台にして、社会のありのままを伝えることが使命なんです」

「その志《こころざし》は立派ですね」

「茶化さないでください。それはともかく、われわれ二人が互いの取材内容を詮索《せんさく》し合わなかったのは妨害に屈することを想定してたからじゃないんですよ。選んだテーマを伝える順位が違うと感じたときは、ためらうことなく取材を中止しています」

「そういうことは珍しくないんで、堀越さんと梶原さんは取材中のテーマを明かし合わなかったわけですか？」

「そうなんです。しかし、おそらく堀越は取材対象側の人間に抹殺されたんでしょう」

「梶原さん、清水秀一という失業者が犯人だと名乗り出たことをご存じですか？」

「ええ、知ってますよ。そいつは身替り犯だったんでしょ？」

「捜査本部はそう判断して、元システムエンジニアの清水を釈放したんです。その二日後、清水は夜更けに高浜運河に落ちて溺死してしまいました」

「ネットニュースで、そのことは知りました。そのとき、誰かに運河に突き落とされたんじゃないかと直感しましたよ」

　梶原が言った。

「多分、そうだったんでしょう。捜査本部は、清水がまったく泳げない事実を掴んだんですよ。金槌だった男が深夜の運河に近づくとは常識では考えられません」

「そうですよね。堀越を殺害した犯人が、清水という奴も片づけたんだろうな」

「その疑いは濃いと思います。ご協力に感謝します」

加納は三〇一号室を出て、階段を駆け下《お》りた。ランドローバーに乗り込み、イグニッションキーを捻《ひね》る。

現代公論社は中央区京橋《きょうばし》にある。加納は車を走らせはじめた。

4

二人分のコーヒーが運ばれてきた。

ブレンドのホットだった。現代公論社の並びにある喫茶店だ。ウェイトレスが下がる。

加納は奥のテーブル席で、西丸望と向かい合っていた。午後五時過ぎだった。

『現代公論』の副編集長は四十八、九歳で、髪を長く伸ばしている。服装も自由業っぽかった。

西丸は何か警戒している様子だった。面会に応じた副編集長は、会社の一階ロビーにある応接コーナーに加納を導こうとした。加納はそれをやんわりと断り、西丸を外に連れ出したのである。

西丸は一瞬ためらった様子だったが、加納の誘いを断らなかった。社内では話しにくいことがあるのかもしれない。

「コーヒー、どうぞ！」

加納はコーヒーを勧めた。

「警察の人間に奢《おご》られたくないんだ。コーヒー代は、わたしが払う」

「しかし、こちらがお誘いしたわけですので……」

「奢られたくないんだよ」

西丸が硬い声で言って、卓上の伝票を手前に引き寄せた。表情が険《けわ》しい。

「警察嫌いみたいですね。何か不快な思いをされたことがあるのでしょうか？」

「その通りだよ。若いころにあるデモに参加したんだが、公安の奴が参加者たちの顔写真をこれ見よがしに撮りはじめたんだ。デモ参加者たちに恐怖心を与えたかったんだろうな」

「それで？」

「わたしはカメラを持ってる公安係に抗議したんだ。そしたら、そいつは自分で倒れたくせに、わたしに突き飛ばされたと主張したんだよ」

「公務執行妨害で緊急逮捕すると手錠をちらつかせたんでしょ？　公安の連中がよく使う反則技なんですよ」

「わたしは不当逮捕されたんだ。数時間後には帰宅を許されたが、実に不愉快だったね」

「それは申し訳ありませんでした」

「十年ほど前にも、厭《いや》な思いをしてる。ショルダーバッグに買ったばかりの大型カッターナイフを入れてたんだが、職務質問に素直に応じなかったんで、銃刀法違反で逮捕するとパトロール中のお巡りが言いはじめたんだ。刃渡りは六センチ以上あったが、まだ包装されたままだったんだよ。それなのに、銃刀法違反になるなんて、あまりに乱暴な話じゃないか」

「おっしゃる通りです。そうしたことがあったんでしたら、誰だって警察に対する不信感を抱きますよね」

「そうだろ？　おたくが本当にそう思ってるんだったら、警察にも真っ当な人間がいるのかもしれないな」

「横暴なことをしてる警察官は、ごく一部ですよ」

「とは言えないいんじゃないのか。マスコミではあまり取り上げられることはないが、毎年、三、四十人の警察官・職員が不正を働いて懲戒免職になってる。裏金づくりも根絶《ねだ》やしにはできてない。そうだろ？」

「そのことは否定しませんが、大部分の警察官と職員はまともですよ」

「そうだろうか。なんか話を脱線させてしまったな。堀越君のことで、おたくは訪ねてきたんだったね」

「ええ」

加納は大きくうなずき、ブラックのままコーヒーを啜《すす》った。釣られて西丸もコーヒーカップを持ち上げる。砂糖もミルクも入れなかった。

「堀越さんは取材対象の組織か個人に口を封じられたと推測してるのですが、西丸さんはどう思われます？」

「そうなんだろうね。警察関係者には意図的《いとてき》に教えなかったんだが、堀越君は夏前から国土交通省の族議員たちの動きをマークしてたんだ。民自党がふたたび政権を担《にな》うようになってから、保守最大政党の有力議員たちが官僚やゼネコン大手と癒着《ゆちゃく》しはじめた」

「そうみたいですね」

「堀越君は、昔のように族議員が暗躍して談合の段取りをつけるにちがいないと予想してたんだよ」

「西丸さんは、そのことをどうして捜査本部の者に教えなかったんです？　警察嫌いだからなのかな」

「それもあるが、わたしは自分の手で堀越君を刺し殺した犯人を捜し出す気になったんだ。彼は気骨のあるジャーナリストだったし、弟のように思ってたんでね」

「そういうことだったんですか。それで、堀越さんは族議員の不正の証拠を押さえたんですか？」

「怪しい議員の身辺を探《さぐ》ったらしいんだが、堀越君は犯罪の証拠を押さえられなかったんだよ。とても残念がってたね。しかし、彼がマークした族議員はシロなんだろう」

「被害者はわれわれが知らないことで、ほかに何か取材してませんでした？」

「どうするかな。迷うところだね」

「西丸さん、教えていただけませんか。あなたが個人的に加害者を見つけたいという気持ちはわかりますが、殺人捜査は民間人には無理ですよ」

「癪《しやく》だが、そうみたいだな。堀越君は九月に入ると、製薬業界が利益追求に走りすぎてる傾向があるんで、警鐘を鳴らす必要があると取材しはじめてたんだ」

「もう少し具体的なことを聞かせていただけますか」

加納は、西丸に断ってからラークに火を点けた。

「おたくも知ってるだろうが、新薬の特許期間が切れたら、他《た》の製薬会社はジェネリックと呼ばれてる後発医薬品の製造が認められる」

「ええ、そうですね。研究開発費がかかってない分、後発医薬品は価格を低く抑《おさ》えられる。患者には、ありがたいことです」

「そうだね。しかし、莫大な金を投じて新薬を開発した製薬会社は特許期間を過ぎると、収益が大きくダウンしてしまう」

「ええ」

「世界で売上第二位を誇るアメリカの『ファイザー』は七年前に研究開発費を三十パーセント近く削減して、さらに研究者たちのリストラを強《し》いられた。ファイザーは数多くの新薬を開発し、バイアグラでも稼いでる。だが、開発医薬品の特許が次々に切れ、ドル箱だった高脂血症薬リピトールの独占販売期間が過ぎてしまった」

「日本の大手製薬会社も、同じ悩みを抱えているはずです」

「そうなんだ。『エーザイ』はパリエットという抗潰瘍《こうかいよう》薬《やく》とアルツハイマー型認知症治療薬アリセプトが総売上の五十数パーセントを占めてたんだが、どちらも特許期間が切れちゃったんだよ」

「タイミングよく新薬が認可されれば文句ないんでしょうが、そううまく事は運びません」

「ああ、そうだね。それで、製薬会社は新薬を開発した薬品メーカーをM&Aで吸収しはじめてるらしい。そこまで資金力のない製薬会社は新たに〝病《やまい》〟を生み出してるんだってさ。堀越君が大手製薬会社の研究者たちから得た証言だという話だったから、でたらめじゃないんだろう」

「そういえば、メタボリックシンドロームが行政やマスコミで問題視されるようになってから、高血圧治療薬のシェアが拡大したみたいですね」

「そのメタボのことなんだが、男の腹回りが八十五センチ以上になると、動脈硬化性疾患なんかを誘発する可能性が高まるという学説に科学的根拠はないそうだよ」

西丸が言って、コップの水を飲んだ。

「えっ、そうなんですか」

「ある医学研究所のデータでは、メタボ腹でない男性のほうが糖尿病になりやすいと判明したそうだ。しかし、メタボリックシンドロームという言葉が定着したせいで、糖尿病治療薬、降圧剤、脂質異常症治療薬などの売上が伸びたというんだよ」

「メタボ防止薬のほかに、逆流性食道炎、過敏性腸症候群の治療薬が最近よくテレビのCMに流れるようになりましたね」

加納は、短くなった煙草の火を消した。

「それらしい病名がついてるが、厳密な意味で疾患と断定できるのか疑問だと堀越君は言ってた」

「そうですか」

「アメリカでは、昔から病気を作って薬を売る商法があったみたいだよ。仕掛人はPRのプロたちで、たとえば通称SADという社会不安障害という疾患が好例だそうだ」

「社会不安障害というのは、どんな疾患なんです？」

「人前に出ると、上がったりする者がいるよね。極度に内気な者は赤面し、手足が震えてしまう。めまいを覚え、吐き気を催《もよお》す人もいるようだ。多民族国家のアメリカでは、SADと診断される人が少なくないらしい」

「そうなんですか。知りませんでした」

「SADを病気として広めたのは、大手のPR会社だそうだ。十数年前に社会不安障害は〝病〟と認識されるようになったんで、イギリスの薬品メーカー『グラクソ・スミスクライン』が開発したパキシルという抗うつ剤は売上が右肩上がりになったらしい」

「喫煙はニコチン依存症だと禁煙を啓発するCMが目につくようになりましたが、アメリカの禁煙補助薬は副作用があるようですよ。服用者が自死したり、銃を乱射したという話もあったな」

「そうだったね。堀越君は、日本の製薬会社も広告代理店やマスメディアをうまく使って、医師たちに巧みに情報を刷《す》り込んでるんではないかと疑ってたんだ」

「ドクターだけではなく、一般の市民たちもそうした刷り込みには惑《まど》わされがちです。メキシコで新型インフルエンザA（H1N1）が確認されて、二〇〇九年六月に世界保健機関《WHO》がフェーズ6のパンデミックと判断したんで、世界中がパニックに陥《おちい》りましたでしょ？」

「そんなことがあったね。インフルエンザ治療薬のタミフルが品切れになった。そんな中で、タミフルの副作用によって亡くなった者たちも出た」

「その前に、世界中の研究者たちで構成された薬効測定グループがタミフルには異常行動を引き起こしたり、突然死する恐れがあると警告してたはずじゃなかったかな」

「そうだったね。パンデミック騒動の中、安全性や有効性に問題があった治療薬を薬品メーカーは上手に売りまくって大儲けしたのではないかと疑いたくもなる」

「そうですね」

「堀越君は日本の製薬会社も広告会社とつるんで、新疾患ビジネスで消費者心理を煽《あお》っているのかもしれないと取材に乗り出したんだよ」

「で、どうだったんでしょう？」

「遺品の中に取材ノート、デジカメのSDカード、音声データなんかはなかったという話だから、断定的なことは言えないんだが、わたしが知り合いの業界紙記者たちに調べてもらった結果では……」

「堀越さんが製薬会社の不正を摑んだ気配はうかがえなかったんですね」

「そうなんだよ。堀越君が取材してた民自党の族議員か大手製薬会社のどこかが臭いと思ってたんだがね。どうやら空振りだったようだ」

西丸がそう言い、残りのコーヒーを喉に流し込んだ。

「堀越さんの口から、清水秀一という名前を聞かれたことはありますか?」

「一度もないね。その男は、堀越君を刺し殺したと新宿署に出頭したんじゃなかったかな?」

「ええ、そうです。身替り犯だったんでしょう。その清水も釈放されて二日後に怪死したんですよ」

「高浜運河に落ちて水死したんだったな」

「事故死ではなく、堀越さんを殺害した犯人が清水を運河に突き落としたんでしょう。清水は金槌だったんですよ。そんな人間が深夜に運河に近づくとは思えません」

「そうだね。堀越君を殺害した犯人は清水という男を身替り犯に仕立てて時間を稼ぎ、その間に高飛びする気だったんだろう。逃亡する前に清水を片づけておかないと、警察に取っ捕まる心配もあるからな」

「ええ、そうですね。取材メモの類《たぐい》を西丸さんが預かっているかもしれないと思ったんですが……」

「わたしは何も預かってないよ。自宅にもなかったという話だから、堀越君は取材メモやICレコーダーを行きつけの居酒屋の大将に預けたとも考えられるな。東中野の駅の近くにある『しの田《だ》』に行ってみなさいよ」

「大将はなんて名なんです？」

「篠田博道《しのだひろみち》だったかな。五十二、三歳で、ずんぐりとした体型だよ。堀越君に連れられて、わたしも二度ほど店に行ったことがあるんだ。伊豆直送の新鮮な魚を喰《く》わせてくれるんだが、値段はリーズナブルなんだよ。そんなことで、堀越君は夜ごと通ってたんだ」

「これから、その店に行ってみます。ご多忙中に時間を割《さ》いていただきまして、ありがとうございました」

加納は卓上の伝票を抓《つま》み、すっくと立ち上がった。

「あっ、駄目だ。伝票は渡してくれないか」

「コーヒー代は官費では払いません。ポケットマネーで払いますので、あなたが嫌いな官《かん》憲《けん》に借りを作ったことにはならないでしょう」

「おたく、面白い男だね。わかったよ。素直に奢ってもらうことにする」

西丸が手を引っ込めた。いつしか柔和な顔つきになっていた。

加納は頬を緩《ゆる》め、レジに急いだ。支払いを済ませて、外に出る。

「ご馳走さま！」

西丸が頭を下げた。育ちがいいのだろう。

「コーヒー一杯でそんなふうにされると、こっちが困っちゃいます」

「当然のことじゃないか。おたくとは一度、酒を飲んでみたいな」

「事件が解決したら、酒を酌《く》み交わしましょう」

「そうだね。一日も早く犯人を突きとめてほしいな。堀越君の死が惜《お》しまれてならないんだ。彼のような硬派のフリージャーナリストは、もう出てこないかもしれない。大げさに言えば、言論界の損失だよ」

「ええ、そうなんでしょう」

「堀越君をできるだけ早く成仏《じょうぶつ》させてほしいな。おっと、彼は無宗教だったな。安らかに眠らせてやってくれないか」

「力を尽くします」

加納は約束した。

西丸が片手を軽く挙げ、勤め先に引き返していった。加納は反対側に数十メートル歩き、脇道に入った。

現代公論社の周辺には、路上駐車できる通りはなかった。ランドローバーは脇道の奥の路上に駐《と》めてあった。

ほどなく捜査車輛に達した。

すると、不審な男が車内を覗き込んでいた。三十代半《なか》ばで、体格がいい。サラリーマンには見えなかった。といって、やくざ者でもなさそうだ。

ノンフィクション・ライターを殺害した犯人に、単独の密行捜査を覚《さと》られたのか。それとも、怪しい男はただの車上荒らしなのだろうか。あるいは、自動車窃盗団の一員なのか。

「何をしてるんだ？」

加納は、車の向こう側にいる男に声をかけた。

「このランドローバー、おたくの車？」

「そうだが……」

「いいね。ずっと乗りたいと思ってたんだけど、高すぎる」

「安くはないな。こっちは無理して、買ったんだ」

「それでも、おたくは金持ちなんでしょう。一生かかっても、おれは買えそうもないな」

男がそう言いながら、草色のダウンパーカのファスナーを一杯に引っ張り上げた。不自然な行動だった。腰のあたりに、解錠道具を挟んでいるのかもしれない。

「おれの車を盗る気《ギ》だったんじゃないのか？」

加納は鎌をかけた。

「何を言い出すんだよ。憧れの車が駐めてあったんで、ちょっと見せてもらっただけじゃないかっ」

「そっちは急にダウンパーカのファスナーを上げた」

「陽《ひ》が沈んで寒さが一段と厳しくなったんで、そうしたんだよ」

「一応、ファスナーを下げて、ダウンパーカの前を大きく開けてくれ」

「お、おたく、なんだよ。おれを自動車泥棒と思ってるのかっ。だとしたら、無礼だぞ」

「車をかっぱらおうとしたんだろ？」

「てめえ、他人《ひと》を盗っ人扱いしやがって。ふざけたことを言ってると、警官《マッポ》を呼ぶぞ」

「その必要はない。おれは警視庁の者なんだ」

「フカシこくなって。刑事《デカ》だって言うのかよ。なら、警察手帳を見せろ！」

男が声を張った。

加納は懐から警察手帳を取り出し、表紙をちらりと見せた。男が目を剝《む》き、ランドローバーから離れた。大通りとは反対方向に駆けはじめた。

加納は警察手帳をツイードジャケットの内ポケットに戻すと、勢いよく走りだした。助走をつけて、逃げる男に飛び蹴りを浴びせる。

相手は両腕で空《くう》を掻《か》きながら、前のめりに倒れ込んだ。弾みで、ダウンパーカの裾からロングドライバーに似た特殊な工具が零《こぼ》れ落ちた。

「やっぱり、自動車泥棒だったか」

「おれ、プロじゃないよ。どの自動車窃盗団にも入ってない。プレス工場でちゃんと働いてるんだ。どうしてもランドローバーに乗りたかったんで、きょうは仮病《けびょう》で工場を休んで……」

「路上駐車中のランドローバーを探し歩いてたわけか？」

「そうなんだよ」

「そんな言い訳が通用するかっ。そっちは特殊な工具を隠し持ってた」

「ロングドライバーを改良して、自分で解錠道具を作ったんだ。でも、おたくの車のドア・ロックは外れなかった」

「そっちが言ったことが本当かどうかチェックしてみる。上体を起こして、運転免許証を出せ！」

加納は声を張った。男が半身を起こし、ダウンパーカの内ポケットから運転免許証を摑み出した。

加納は受け取り、運転免許証を開いた。橋爪剛《はしづめつよし》という名で、三十六歳だった。住所は江戸川区内になっている。

「犯歴の有無はA号照会で、すぐにわかる。だから、正直に答えるんだな」

「スーパーで万引きをやって、一度だけ検挙《アゲ》られてる。書類送検されたけど、不起訴処分になったんだ」

「そうか」

加納は運転免許証を橋爪に返し、特殊工具を拾い上げた。そのとき、橋爪がタックルする動きを見せた。

加納はステップバックで躱《かわ》し、橋爪の喉元を蹴りつけた。橋爪が動物じみた声をあげ、路上を転げ回りはじめた。加納はランドローバーに駆け寄り、特殊工具をドアの鍵穴に当てた。

手製の解錠道具は、鍵穴よりも一回り大きかった。

雑魚《ざこ》を相手にしている時間はない。加納は特殊工具を道端に捨て、運転席のドアを大きく開けた。

第二章　気になる怪死

1

横断歩道の信号は赤だった。

七十年配の男が車道に踏みだした。何か考えごとをしていて、よく信号を見ていなかったようだ。

加納は急ブレーキをかけた。

体が前にのめる。タイヤが軋《きし》み音をたてた。山手《やまて》通りと大久保《おおくぼ》通りの交差点だった。

人を撥《は》ねた衝撃は伝わってこなかったが、七十絡みの男はランドローバーの前で倒れた。

加納はハザードランプを灯《とも》し、急いで運転席を降りた。

「お怪我はありませんか？　横断歩道の信号は赤だったんですよ」

「右の肘《ひじ》を打っただけで、特に怪我はしてません。ご迷惑をおかけしました。考えごとをしてて、ろくに信号を見てなかったんです」

老いた男が詫びて、のろのろと立ち上がった。

「一応、病院で診《み》てもらいましょう。どこか骨折してるかもしれませんので」

「骨は折れてないでしょう。肘を擦《す》り剝《む》いただけですよ。あのう、厚かましいお願いなんですけど、お金を貸していただけないでしょうか？　千円か二千円でいいんですが……」

「何か事情がありそうだな」

「丸二日、何も食べてないんですよ。公園の水しか飲んでないんで、体に力が入らないんです。寒さも身にこたえますね」

「助手席に坐ってください」

加納は男に言って、運転席に乗り込んだ。相手をほうっておけない気持ちになったのは、死んだ祖父と少し横顔が似ていたからかもしれない。

老人が助手席に腰かけ、ドアを閉めた。加納は車を走らせはじめた。

大久保通りを突っ切り、七、八十メートル先でランドローバーを路肩《ろかた》に寄せる。道なりに行けば、東中野駅に達するはずだ。

「車の中は暖かいな。生き返ったような心地がします」

「お住まいはどちらなんですか？」

「自宅も会社も横浜市内にあったんですが、いまは宿なしです」

「ご家族は？」

「家内は十年以上前に子宮癌で亡くなりました。息子が横須賀《よこすか》にいるんですが、気まずくなってからは一度も会ってません」

「何か大変なことがあったようですね」

「ええ、まあ。わたし、木村《きむら》といいます。三年前まで食品販売会社を経営してたんですが、商品の取り込み詐欺に遭《あ》って倒産してしまったんですよ。東海地方のチェーンスーパーの納入業者にしてもらえるという話を信じて、最初の取引だけ現金で決済してもらって、後《あと》は手形取引になったんですが……」

「それ、商品取り込み詐欺のパターンじゃないのかな」

「専務をやってた倅《せがれ》もそう言って、相手の会社のことをよく調べてみるべきだと慎重になってたんです。ですが、大口取引なんで、わたし、手形決済に応じてしまったんですよ」

「被害額は？」

加納は訊《き》いた。

「約十三億円です。金策に駆けずり回って、なんとか会社を立て直そうとしたんですが、やはり倒産は避けられませんでした。よく働いてくれてた二十六人の従業員には申し訳ない気持ちで一杯でした。少しは退職金を払ってあげたかったんですが、それもままなりませんでした」

「結局、担保物件の不動産は銀行に持ってかれたんですね」

「ええ。それだけじゃなく、息子夫婦が買ったばかりの分譲マンションも手放してもらいました。自分ひとりで再起しようと友人や知人から借金して商売を細々とやってたんですが、うまくいきませんでした。それで、自己破産の手続きをして雑用のアルバイトをしながら、カプセルホテルを泊まり歩いてたんですよ」

「苦労されたんですね」

「わたしが甘かったんでしょう。自業自得ですよ。高齢なんでバイトも途切れがちですが、お借りする千円か二千円は必ず返します」

「そんな少額じゃラーメンぐらいしか喰えないでしょ？　真冬に野宿したら、凍死しちゃいますよ」

「そうなんですが、配送の仕事で妻子を養ってる息子にいまさら泣きつけません。泣きついても、もう父親に同情はしてくれないでしょう。ひとり息子にさんざん迷惑をかけてしまいましたからね。いっそ凍死すれば、誰にも迷惑をかけずに済むんですが」

「木村さん、自棄《やけ》になってはいけませんよ。人生の大先輩に言うのはおこがましいんですが、命を大事にするのが人間の務《つと》めだと思います」

「そうでしょうね。しかし、わたしはもう七十三歳です。若いときみたいにパワーはありません」

「年齢を重ねれば、気力も体力も衰《おとろ》えるでしょう。それでも、しぶとく生き抜く。そうしてほしいな」

「腹が減って、いまは何も考えられません。なんとか千円だけでもお借りできませんか。一生のお願いです」

木村が骨張った両手を合わせた。加納は懐から札入れを取り出し、一万円札を五枚引き抜いた。

「失礼になるかもしれませんが、これを何かの足《た》しにしてください」

「そんなにたくさん借りても、すぐにはお返しできません。千円、できれば二千円だけ貸してください」

「この五万はカンパします。返してくれなくてもいいんですよ」

「あなたのように年寄りに優しい方に会ったのは初めてです。キリストの生まれ変わりのように見えますね」

「こっちは祖父母に育てられたんですよ。両親は小学生のとき、事故死してしまったんでね」

「それで年配の者に思い遣《や》りを示してくれるのでしょうが、そこまで甘えてはいけないでしょう。食べる物を食べれば、少しは元気が出ると思います。それでは五万円、いや、一万円だけお借りします。どうでしょうか？」

木村が打診した。加納は五枚の万札を折って、木村の右手に握らせた。

「ありがたいことです。世智辛《せちがら》い世の中に、まだ奇特な方がいらしたんですね」

「オーバーだな。先日、たまたま競馬で中穴を当てて数十万円の臨時収入を得たんですよ。キャバクラにでも行こうと思ってたんですが、面倒に思えてきただけです。だから、木村さんにカンパする気になったわけです。遠慮なさらないでください」

「そういうことでしたら、お言葉に甘えさせてもらいます。深く感謝します」

木村が涙ぐみ、五万円をよれよれの黒っぽいオーバーコートのポケットに突っ込んだ。深く頭を垂れ、車を降りる。

加納は木村の後ろ姿が見えなくなってから、ランドローバーを発進させた。ギャンブルで懐が温かくなったという話は、とっさに思いついた嘘だった。

加納は他者に思い遣《や》りを示すとき、決して相手の心に負担をかけないよう心掛けてきた。スタンドプレイめいた善行はみっともない。善人に見られることにも抵抗があった。偽善者と見られたくないし、そもそも男の美学に反する。

何かで困っている人間を労《いたわ》るときは、恩着せがましいことを絶対に口にしない。そして、見返りを期待してはならないということを祖父母がさりげなく行動で教えてくれた。加納は、その教えを大切にしていた。木村に渡した五万円は、むろん自分の金だった。

数百メートル先に『しの田』があった。

東中野駅にほど近かった。店の周辺には路上駐車できる場所はない。

加納は住宅街の裏通りにランドローバーを駐《と》め、駅前通りまで戻った。寒気が鋭い。

加納は『しの田』に足を踏み入れた。

店の中央に五、六卓のテーブルが並び、右手は小上《こあ》がりになっていた。左手にはカウンターがあり、その奥は個室席になっている。ほぼ満席だった。

「おひとりさまでしょうか？」

若い女性従業員がにこやかに近づいてきた。

「客じゃないんですよ。警視庁の者なんですが、店主の篠田博道さんにお目にかかりたいんです。カウンターの向こうで魚を捌《さば》いてる捩《ねじ》り鉢巻きの旦那が大将かな？」

「はい、そうです」

「忙しそうだな」

「ええ、いまは……」

「それじゃ、どこかで食事をしてから出直しましょう。加納という者ですが、堀越さんのことで確認したいことがあるとお伝えいただけますか」

「わかりました。すみませんね」

「あなたが謝ることはありませんよ。忙しい時間帯に訪ねてきたほうが悪いんですから。それじゃ、後で！」

加納は『しの田』を出た。駅前通りを歩いていると、古めかしい構えの洋食屋があった。

その店に入る。客席は半分ほどしか埋まっていない。あまり味がよくないのだろうか。そうなのかもしれない。しかし、別の店を探すのは面倒だ。

加納は奥のテーブル席に落ち着き、ハンバーグライスを注文した。喫煙席だった。ラークを吹かしながら、私物のスマートフォンの着信履歴をチェックする。旧知の野口恵利香《のぐちえりか》が数十分前にメッセージを入れていた。コールバックしてほしいという内容だった。

加納は聞き込み中は、私物のスマートフォンをマナーモードにしてあった。それで、着

従業員が歩み寄ってきた。

「刑事さんのことはオーナーにちゃんと伝えました」

「ありがとう。大将、まだ忙しそうですね。どこかで、もう少し時間を潰《つぶ》したほうがいいんだろうな」

「その必要はありません。刑事さんがお見えになられたら、個室席にお通しするように言われてるんですよ」

「そうなのか」

加納は女性従業員に案内されて、最も奥にある個室席についた。いったん引っ込んだ女性従業員が昆布茶《こぶちゃ》を運んでくる。

数分後、店主の篠田がやってきた。鉢巻きは外されている。

「二度も足を運ばせることになって、すみませんでした。若い板前は刺身の用意に時間がかかっちゃって、店が立て込んでるときはわたしが庖丁を握ってるんですよ」

「そうですか。警視庁の加納です。営業中にご迷惑だったと思います。どうかご勘弁を……」

「気になさらないでください。もう若い連中に厨房《ちゅうぼう》を任せられますんでね」

「手短に再聞き込みをさせてもらうつもりです」

加納は言った。篠田が正面に坐る。

「堀越さんは、ほぼ毎晩、こちらに顔を出してたようですね」

「ええ。もともと彼は左党だったんですが、仕事で緊張つづきだったんで、アルコールで気分をほぐしたかったんでしょう。そのへんのことは奥さんも理解してたようで、時間を気にすることはなかったな」

「それじゃ、下《くだ》りの終電に乗り遅れて中野の自宅まで歩いて帰ることもあったんではありませんか？」

「週に一度は終電を逃してたな」

「そうですか。早速ですが、堀越さんは取材メモやＩＣレコーダーをあなたに預けてはいませんでした？」

「以前はそういった物を預かってましたよ。でも、十カ月ぐらい前に取材してた利権右翼が堀越ちゃんを尾《つ》けて、この店の中を物色して都合の悪い録音音声メモリーを持ち去ったんです」

「そんなことがあったんですか」

「はい。取材メモや録音音声のメモリーを自宅マンションに置いとくと、家捜《やさが》しされる心配がありますでしょ？　で、この店に預ける気になったようなんですが、そういった騒ぎがあったんで……」

「堀越さんは取材メモや録音音声メモリーなんかを別の所に置くようになったわけですね。奥さんの話だと、トランクルームもワンルームマンションも借りてなかったらしいです」

「そうだったと思いますよ。堀越ちゃんは優《すぐ》れたノンフィクション・ライターでしたが、たくさん稼いでたわけじゃありませんから。多分、彼はメモやICレコーダーの録音音声メモリーを信頼できる人間に預かってもらってたんじゃないのかな」

「篠田さん、誰か思い当たります？」

「梶原というライター仲間か、『現代公論』の西丸副編集長に大事な物を預かってもらってたんじゃないだろうか」

「その二人には会ってきましたが、どちらも預かってないということでした」

「そうなんですか。いったい堀越ちゃんは、どこの誰に取材メモや録音音声メモリーを預けてたのかな。それがわかれば、犯人の見当がつきそうなんですか？」

「ええ、多分ね。事件前、堀越さんはどんな取材をしてたんでしょう？」

「製薬会社が広告代理店と結託《けったく》して、病気とは呼べない体調不良を〝病〟とし、新薬の売上を伸ばしてる疑いがあると言ってましたよ。それが事実なら、誇大広告どころか、一種の詐欺商法になると憤《いきどお》ってましたね」

「そうですか。ほかに何か取材してる様子はありませんでした?」

加納は矢継《やつ》ぎ早《ばや》に質問した。

「取材中とはっきり言ったわけじゃないんですが、ネットの普及で全国紙の購読者数は各社とも右肩下がりがつづいてると語ってたな。それから、東北被災地の復興事業で甘い汁を吸ってる奴らがいっこうに減ってないと嘆《なげ》いてましたよ」

「堀越さんは正義感の塊《かたまり》だったようだから、いろんな不正が赦《ゆる》せなかったんでしょう」

「そうだったんでしょうね。堀越ちゃんは熱血少年がそのまま大人になった感じだったからな。彼みたいな人間が政治家か官僚になれば、この国の舵取りを誤《あやま》ることはないんでしょうけれどね。現実には私利私欲で権力を得たいと願ってる国会議員や役人が多い。財界人だって、自分の利益のことしか考えてない気がしますね」

「そうなんでしょう」

会話が途切《とぎ》れた。

加納は昆布茶を半分ほど啜《すす》ってから、礼を述べて腰を上げた。個室席を出て、そのまま出入口に向かう。風が冷たい。

加納は首を縮めながら、ランドローバーを駐めた裏通りに向かって歩きだした。

百メートルほど進むと、熟女パブから見覚えのある七十年配の男が出てきた。木村だった。厚化粧の中年ホステスの腰に手を回して、上機嫌だった。ほろ酔いだ。

「なぎさちゃん、店を抜けられないの？　三万の小遣いをやるからさ、ホテルに行こうよ」

「また、どっかで寸借詐欺《すんしゃくさぎ》を働いたんじゃない？　亀井《かめい》さんは元役者だから、芝居が上手だもんね。そんなことばかりしてると、そのうち刑務所にぶち込まれちゃうわよ」

「そんなことより、本当にホテルに行こう。バイアグラを持ってるから、なぎさちゃんをちゃんと抱けるって」

「いつかホテルにつき合うから、もう一度お店で飲み直して。ね？」

「商売上手だな。わかった。今夜は飲もう」

「嬉しい！」

中年ホステスが客の体を反転させた。自称木村が背を見せた。

「おっさん、他人《ひと》に甘えてもいいが、騙《だま》しちゃいけないな」

加納は声をかけた。自称木村がぎょっとして、大きく振り向いた。

「あっ、あんたは⁉」

「迫真の演技だったが、褒《ほ》めないぞ」

「残ってる金をそっくり返すから、交番には連れていかないでくれないか」

「金はくれてやる。ただ、他者の善意を踏みにじったら、いまに罰《ばち》が当たるぞ。それだけは忘れないことだな」

加納は言い放ち、足早に歩きだした。

2

思い出すだに腹立たしい。

前日、自称木村に五万円をまんまと騙し取られたことが忌々《いまいま》しかった。自分の間抜けぶりにも腹が立つ。

加納はランドローバーを運転しながら、幾度も苦笑していた。走行しているのは、大田区の南馬込《みなみまごめ》だった。

清水秀一の実家は、南馬込二丁目にある。きのうは何も収穫を得られなかった。初動と第一期捜査で清水の身内からは何も手がかりが得られなかったことは承知していた。

しかし、ひょっとしたら、正規捜査員が聞き洩らしたことがあるかもしれない。それを期待して、加納は水死した元システムエンジニアの遺族に会ってみる気になったのだ。

正午過ぎだった。

脳裏に自称木村の顔がこびりついて離れない。昨夜、熟女パブから出てきた七十男の顔面にパンチをぶち込むべきだったか。

だが、相手は高齢者だ。殴り倒したら、脳挫傷で命を落としたかもしれない。

「手を出さなくて、よかったんだろう」

加納はステアリングを操《あやつ》りつつ、声に出して呟いた。

そう自分に言い聞かせたら、にわかに怒りが萎《しぼ》んだ。亀井と呼ばれていた七十男は、元俳優だったらしい。役者は潰《つぶ》しが利かない。仕事がなくなったら、転職も難しいのではないか。

寸借詐欺を重ねて生き延びるほかなかったのだろう。年寄りや女性にとっては、生きにくい社会である。少々の狡《ずる》さは笑って許してやるべきか。

ほどなく清水の実家に到着した。

ごくありふれた二階家だ。敷地は六十坪前後だろうか。加納は運転席のドアポケットから捜査ファイルを引き抜き、清水の親族を確認した。

父親はすでに他界している。清水の三つ違いの妹は愛知県内に嫁いでいた。実家には、清水の母親の雅枝《まさえ》しか住んでいないはずだ。五十九歳の母親は、自宅で製図の仕事を請《う》け負《お》っているらしい。

加納は車を降り、清水宅の門柱に歩み寄った。

インターフォンを鳴らしても、すぐには応答はなかった。清水の母は外出しているのか。加納は、ふたたびインターフォンを響かせた。今度は、年配の女性の声がスピーカーから流れてきた。

「どちらさまでしょう？」

「警視庁の者です。亡くなられた息子さんのことでちょっと……」

「どうぞお入りになって、ポーチまでいらしてください」

「わかりました。お邪魔します」

加納は低い門扉《もんぴ》を押し、飛び石のアプローチを進んだ。

ポーチに達したとき、清水の母親が玄関のドアを開けた。地味な女性だった。

加納は自己紹介し、玄関の三和土《たたき》に滑り込んだ。部屋に上がる気はなかったが、清水雅枝に居間に通された。リビングソファに腰かける。

雅枝が手早く緑茶を淹《い》れ、加納の前に浅く腰かけた。

「息子が運河に突き落とされた疑いがあるということで所轄署に捜査本部が置かれたとは聞きましたが、その後、警察からは何も言ってこないんですよ。ちゃんと捜査をやってくれているのでしょうか」

「もちろんですよ。あいにく目撃者がいないんで、捜査が難航してるんです」

「でも、高浜運河の近くには新聞社や東京都中央卸売市場があります。秀一が水死したのが深夜といっても、どこかに必ず目撃者はいると思うんですけどね。最初は単なる転落死と思ったんで、聞き込みがずさんだったんではないのかしら？」

「そんなことはないと思います」

「息子は、まったく泳げなかったんです。子供のころから水を怖がってたんで、運河に進んで近づくなんてことは考えられません」

「そうでしょうね。息子さんは誰かに運河の畔《ほとり》に呼び出され、不意に突き落とされた疑いが濃いんです」

「きっとそうにちがいありません。秀一は再就職先がなかなか見つからないんで、とっても焦《あせ》ってたの。失業保険が切れる前に新たな仕事にありつけなかったら、もう正社員で雇ってもらえるチャンスはないだろうってね。リストラされた会社でも、息子は真面目に働いてたんですよ。まだ三十代前半なのに、リストラ解雇はひどすぎるわ」

「ええ、そうですよね。しかし、多くの企業は人件費を削減して、少しでも内部留保を増やしたいと考えてるんでしょう」

「人材を大切にしない企業は、いつか滅びますよ。秀一は再就職先がいっこうに決まらないんで、勤め人になるよりも自分でスモールビジネスを起業する気になりはじめていたようです。でも、ろくに貯《たくわ》えなんかありませんから、殺人犯の身替りになって少しまとまった謝礼を貰う気になってしまったのでしょう」

「これまでの捜査資料によると、ノンフィクション・ライターの堀越勇介さんが歌舞伎町の裏通りで刺殺された十一月二日の夜、秀一さんはずっと自宅にいたようですね」

「その通りです。でも、それを立証できるのは母親のわたしだけだったので、新宿署に置かれた捜査本部は秀一の出頭時の供述を初めは鵜呑《うの》みにしたようですね。出頭して数時間後には、釈放されましたけど」

「ええ。息子さんが刺殺事件の加害者から身替り出頭することを頼まれたことは間違いないでしょう。お母さん、犯人に心当たりはありませんか？」

加納は問いかけた。

「思い当たる人物がいるのだったら、とうに警察の方に教えてますよ」

「愚問でした。秀一さんは真面目な方だったんでしょうから、裏社会の人間に知り合いはいなかったでしょうね」

「柄の悪い連中に知人なんかいませんでしたよ。ただ、少し気になることが……」

「それは、どんなことなんです？」

「わたしはパソコンのことはよくわからないのですけど、秀一の妹が実家《ここ》に戻ったときに息子の部屋に夜食を運んだことがありました。そのとき、秀一は裏サイトで手っ取り早く稼げる仕事を探してたみたいなんですよ。息子は何か危ない橋を渡って、スモールビジネスの事業資金を捻出《ねんしゅつ》しようと考えてたんじゃないのかしら」

「裏サイトで、殺人の身替り犯になる闇仕事を引き受ける気になったんだろうか」

「どう思います？」

「ええ、考えられなくはないでしょうね」

「息子は真犯人に謝礼を渡すからと高浜運河の近くに誘《おび》き出されて……」

「運河に突き落とされて溺死してしまった？」

「そうなんじゃないのかな。秀一を雇った奴は警察に替え玉を出頭させたことを見破られたと確信して、自分が疑われることを恐れたんでしょう。だから、息子の口を封じたんじゃないんですか」

「息子さんのパソコンを見せてもらえます？」

「アクセスの履歴は、すべて娘に削除してもらったんですよ。息子が裏サイトにアクセスしてたことが表沙汰になったら、故人の名誉が穢《けが》されるでしょ？」

「プロバイダーの記録が残ってれば、息子さんを身替り出頭させた人物を割り出せるかもしれません」

「ああ、そうね」

「息子さんの銀行口座に馴染《なじ》みのない振込人から入金されたことは？」

「いいえ、そんなことはなかったわ」

　雅枝が首を横に振った。

「秀一さんの部屋に出所《でどころ》不明の現金はありませんでしたか」

「それもなかったわね。なぜ、そんなことをお訊きになるの？」

「これはあくまでも想像にすぎないので、怒らないでほしいんです。息子さんは身替り出頭する前に謝礼を貰ってた可能性もあるのではないかと思ったんですよ。そして、釈放後に雇い主に追加の金を要求したのかもしれません」

「秀一が口止め料を要求したんじゃないかってことですね」

「ええ」

「息子は、やくざみたいなことはしませんよ。謝礼欲しさに身替り犯になることは引き受けたとしても、口止め料をせびるなんて考えられないわ」

「しかし、秀一さんは再就職先がいっこうに決まらないので、自分で起業する気になってたんでしょ?」

「そうだろうけど、息子はそれほど強欲じゃないわ。堀越というノンフィクション・ライターを殺した犯人が秀一をうまく利用して、捜査圏外に逃れる気だったんでしょう。おそらく最初っから秀一に謝礼を払う気はなかったんでしょうね。利用価値がなくなった時点で、真犯人は息子を葬《ほうむ》るつもりでいたのよ。ええ、そうにちがいないわ」

「そうなんでしょうか」

「堀越というライターは、何か大きな犯罪の事実を知ったんじゃないかしらね。それがどんなことなのかわからないけど、とにかくノンフィクション・ライターは知ってはならないことを知ってしまった。それで、命を奪われたのではありませんかね。その事件の加害者が、息子を水死させたんでしょう」

「こちらもそう筋を読んでるんですが、これといった手がかりがないんですよ。しかし、必ず二つの事件は解決させます」

加納は緑茶を少し口に含み、間もなく清水宅を辞した。

ランドローバーに乗り込み、環七《かんなな》通りをめざす。高浜運河に行ってみることにしたのだ。新事実を摑めるとは思えなかったが、やはり清水が溺死した現場を一応踏んでおきたかった。

やがて、環七通りにぶつかった。

加納は車を平和島《へいわじま》で第一京浜国道に乗り入れた。北上し、京浜急行本線の北品川駅付近から海側に向かう。

ほどなく目的地に達した。

清水秀一の水死体が発見されたのは、東京海洋大学のキャンパスのほぼ真横だった。高浜運河を挟んで、品川駅寄りには東京都中央卸売市場食肉市場がある。

加納は旧海岸通りにランドローバーを駐《と》め、食肉市場に出入りする人たちに次々に声をかけてみた。だが、やはり目撃情報はまったく得られなかった。

別に加納は気落ちしなかった。どんな事件捜査も無駄の積み重ねだ。いちいち落胆していたら、刑事は務まらない。

加納は、ついでに堀越勇介が殺された現場を見ておく気になった。

特別仕様の捜査車輛に乗り込む。エンジンを始動させたとき、刑事用携帯電話《ポリスモード》が着信音を発した。電話をかけてきたのは、三原刑事部長だった。

「まだ特に収穫はないだろうね」

「ええ」

加納は、前日からの経過を手短に報告した。

「堀越は取材メモやICレコーダーなんかを『しの田』の店主や『現代公論』の西丸副編集長にも預けてなかったのか」

「そうなんですよ。本部事件の被害者《マルガイ》が信頼してる人物は、その二人と思われたんですがね」

「利権右翼に『しの田』が家捜しされたんで、堀越は西丸望に迷惑をかけたくなかったんだろう。で、別の誰かに取材メモ類を保管してもらってたと考えられるな」

「ええ、そうなんでしょう。しかし、その人物に見当がつかないんですよ」

「焦《あせ》ることはないさ。まだ単独捜査を開始したばかりなんだ。加納君、じっくり調べてくれないか。健闘を祈る」

三原が通話を切り上げた。加納は新宿に向かった。

捜査本部事件が発生したのは、歌舞伎町一番街のそばの裏通りだ。飲食店と風俗店が軒を連《つら》ねているエリアである。暴力団の下部団体の組事務所も点在していた。

警察と関わりたくない男女が多く働いている地域だった。殺害シーンを目撃した者が皆無だったのは、そのせいだろう。

また、現場付近の店舗ビルからの事件当夜の防犯カメラの映像の提供件数は意外に少なかった。本部事件には闇の勢力が関与しているのだろうか。そうした疑惑も拭《ぬぐ》えない。

事件現場に着いたのは、およそ五十分後だった。

加納は車を有料パーキングビルに置き、堀越が刺し殺された場所に立った。すでに一カ月以上が経《た》っている。むろん、事件の痕跡はなかった。

しかし、被害者の無念がひしひしと伝わってきた。加納は刑事魂を奮《ふる》い立たせ、付近一帯の聞き込みを開始した。

十一月二日の録画映像を保存していた店舗ビルや雑居ビルは、わずか二軒しかなかった。加納は再生映像を喰い入るように観《み》たが、どちらにも堀越勇介の姿は映っていなかった。

裏通りに面した飲食店、商店、性風俗店の従業員たちにも当たってみたが、徒労に終わった。事件そのものを忘れかけている者さえ何人かいた。

いつの間にか、夜になっていた。私物のスマートフォンに野口恵利香から連絡があったのは、午後七時数分前だった。

「何人かの情報屋とブラックジャーナリストに当たったのよ」

「事件前に堀越が何を取材してたのかわかった？」

「ええ。堀越さんは、新聞拡販競争を巡る新聞販売店主殺しを先々月から調べ回ってたようよ」

「その殺人事件は、いつ発生したのかな？」

「初夏に練馬区内で起きたんだけど、なぜかマスコミには一切報じられなかったのよ」

「まさか⁉　そんなことがあるわけない」

「それがあったらしいのよ。拡販競争の醜《みにく》い部分が公《おおやけ》になったら、新聞社はもちろん全国紙系列のテレビ局、ラジオ局、出版社もイメージが悪くなるでしょ？」

「ま、そうだろうな」

「だから、新聞販売店主は殺されたんではなく、病気で急死したってことにして事件そのものを隠蔽《いんぺい》したみたいよ。詳しいことは会ったときに教えてあげる」

「情報料を先に払えってことだな」

加納は言った。

「今回は損得抜きだって言ったはずよ。忘れちゃったの？」

「いや、憶《おぼ》えてるよ。しかし、そっちは強《したた》かに生きてる。打算抜きで協力する気になるとは思えないんだ」

「わたし、本当に堀越さんを尊敬してたの。だけど、加納さんの立場もあるだろうから、何かご馳走してもらうわ。いま、どこにいるの？」

「都内某所だよ」

「なら、鯛料理で有名な和食料理店でコース料理を奢ってもらおうかな。料理だけで一人前一万五千円はするけど、かまわない？」

恵利香が店の名を明かした。

「ああ」

「それなら、わたし、予約しておくわよ。四十分後なら、落ち合えるでしょ？」

「その店はＴＢＳの近くにあるんだよな」

「ええ、そう。デートで使ったことがあるの？」

「そんな相手、いないよ。店には入ったことないが、場所は知ってる」

「そうなの。わたし、六本木にいるのよ。だから、先に店に入って待ってる」

「そうしてくれないか。お茶飲んで待っててくれとは言わないよ。先にビールでも飲んでてくれ」

「当然でしょ。ビールなんかじゃなく、一番高い日本酒をぐいぐい飲《や》ってるわ」

恵利香が笑いを含んだ声で言った。加納はスマートフォンを上着の内ポケットに収め、有料パーキングビルに急いだ。

3

案内されたのは個室席だった。

赤坂の和食料理店だ。高級店らしく、店内の造りは凝《こ》っている。趣《おもむき》があった。

加納は配膳係の女性を犒《ねぎら》って、個室席に入った。あと数分で、七時半になる。

「ありがとう」

「早かったわね」

恵利香が言って、スマートフォンのディスプレイから顔を上げた。きょうも女優のように美しい。黒曜石《こくようせき》のような瞳は妖《あや》しく輝いている。魅惑的だった。

卓上には、茶しか出されていない。

「先に飲んでると電話で言ってたが、どうしたんだ？　急に体調でも悪くなったのかな」

「ううん、そうじゃないの。奢られるからって、がつがつしたら、お里が知れちゃうじゃないの」

「そういうことか」

加納は恵利香と向かい合い、お品書きを手に取った。鯛料理のコースは、一人前一万五千円と二万円の二種類があった。

備え付けのブザーを押し、配膳係を呼ぶ。加納は二万円のコースを選び、ビールを注文した。配膳係が遠ざかると、恵利香がスマートフォンのディスプレイに目を落とした。

「六月下旬に板橋区志村《しむら》二丁目にある読毎日報《よみまいにっぽう》板橋販売店の店主宮園幹雄《みやぞのみきお》、六十二歳が店舗の裏にある自宅で死んだの。宮園幹雄には持病の心臓疾患があるということで、所轄署は行政解剖には回さなかったらしいのよ」

「家族は当然、近所の医者を呼んだんだろう？」

「かかりつけの内科医が駆けつけたときには、もう心肺停止してたそうよ。だから、内科医は急性心不全だったという死亡診断書を認《したた》めたそうなの」

「しかし、実は病死ではなかった。そうわかったきっかけは何だったんだい？」

加納は問いかけ、ラークをくわえた。

「新聞配達員の証言によると、店主の宮園は自宅で急死したんではないらしいの。販売店の前で倒れ込んでたんだって。サンダルは片方しか履《は》いてなかったそうよ。そのとき、宮園幹雄の脈拍はなかったというの」

「つまり、店主は外出先で亡くなったのかもしれないってことだな」

「ええ。それも病死ではなく、殺された疑いがあるようなの。新聞配達員の話だと、宮園の首筋にうっすらと火傷《やけど》の痕があったらしいのよ。高圧電流銃《スタンガン》で昏絶《こんぜつ》させられて、目につきにくい所に筋弛緩《きんしかん》剤の溶液を注射されたんじゃないのかな。たとえば、腋《わき》の下とか指の股にね」

「薬殺されたんだったら、かかりつけの内科医は気づきそうだがな」

「宮園に心臓疾患があったんで、ドクターは店主が心不全に陥ったと先入観で診断したんでしょうね。所轄署の刑事たちは、店主に心臓の持病があったと家族から聞いてたんで……」

「先入観に囚《とら》われてしまったんだろうか」

「行政解剖されたわけじゃないんで、宮園の体内から筋弛緩剤が検出されたと立証することはできない。でも、ただの病死とは片づけられない点があるの」

　恵利香が日本茶で喉を湿《しめ》らせ、言い重ねた。

「宮園の販売店では春先から翌日配達予定の折り込み広告が何者かにたびたび大量に盗まれて、朝刊を配る時間が大幅に遅れてしまったそうなのよ。そんなことで、昔からの購読者たちがライバルの旭日《きよくじつ》新聞を取るようになったんだって」

「朝刊は夜明けには届いてるもんだよな。それが陽《ひ》が昇ってから配達されるようなことが度重なるようでは、愛読してた全国紙の定期購読をやめてしまう家庭が出てきても別に不思議じゃない」

「そうね。国内外の事故や事件のニュースはパソコンやスマホで知ることができるから、十年以上前から全国紙の定期購読者数は減少傾向にあるでしょ？」

「そうみたいだな。三大紙の購読者数は落ちる一方で、広告料の値引き合戦もはじまってるらしい」

「宮園は自分の販売店の客が減少すると困るんで、防犯カメラの数を増やしたんだって。それで、夜更けに店に忍び込んで折り込み広告をごっそり盗み出してる男の正体を突きとめたそうなの」

「折り込み広告を盗《ギ》ってたのは何者だったんだ？」

加納は喫《す》いさしの煙草の火を消し、懐から手帳を取り出した。

「城西地区で旭日新聞の拡張員をやってた真下芳正《ましたよしまさ》、四十二歳だったの。その真下は高校を出てから仕事を転々としてたんだけど、二十五から三十四歳までの十年間、旭日新聞板橋販売店に住み込みで働いてたのよ。その後、本社の契約拡張員になったみたいね」

「ライバル紙の販売店は、宮園の店の近くにあるのか？」

「小豆沢《あずさわ》三丁目だから、志村二丁目の隣町ね。わたしが入手した情報によると、真下は若いころに住み込みで働いてた旭日新聞板橋販売店の店主の市毛元彦《いちげもとひこ》、六十一歳に頼まれてライバル紙の販売店に忍び込み、何回も折り込み広告をくすねてたようなの」

「その真下って奴は、死んだ宮園に警察に突き出されたのか?」

「ううん。そうされる前に、真下は姿をくらましたのよ。現在、居所はわからないそうなの」

恵利香が口を結んだ。

配膳係の女性が先付《さきづけ》とビールを運んできたからだ。加納は二つのグラスにビールを注いだ。

「お料理は頃合を計《はか》って届けさせてもらいます」

配膳係が下がった。加納たちはグラスを軽く触れ合わせてから、それぞれビールを喉に流し込んだ。

「遠慮なく先に箸《はし》をつけてくれよ」

「ええ、ありがとう」

恵利香が先付に目を向けた。だが、箸は手に取らなかった。もてなす側が先に箸を使うべきだろう。

加納は海老芋《えびいも》を口に入れた。やや薄味だったが、まずくはない。ようやく恵利香が先付に箸を伸ばした。

「昔、つき合ってた男とここによく来てたのかな」

「その質問、セクハラになるんじゃないの？」

「小娘みたいなことを言うなって」

「わたしの男関係が気になる？」

「いや、別に」

「わたしのことよりも、加納さんのほうこそ、そろそろ女遊びを卒業したら？　来年は確か四十《しじゅう》よね」

「〝しじゅう〟という語感には若々しさがないな」

「まだ若いつもりでいるの!?　もう中年男でしょうが！」

「言ってくれるな。それはそうと、話のつづきなんだが、宮園が病死ではないとしたら、誰に殺《や》られたんだと思う？」

加納は声を潜《ひそ》めた。

「姿を消してる真下芳正が臭いんじゃないのかな」

「ちょっと待てよ。宮園が筋弛緩剤を注射されたんだとしたら、真下はどこでアンプルを手に入れたんだ？」

「準キャリの警視さんも、まだ勉強不足ね。どんな業種にもお金に弱い人間はいるわ。医療関係者や製薬会社の社員が睡眠導入剤や精神安定剤を平気で横流しして小遣い稼いでるんだから、筋弛緩剤のアンプルをかっぱらって闇ルートに流してる奴はいるはずよ」

「そうだろうか」

「スタンガンなんて、たやすく手に入るわ」

「そうだが、旭日新聞の拡張員をやってた真下が殺人《コロシ》まで引き受けるだろうか」

「わたしがキャッチした情報だとね、真下はカフェを開きたがってたんだって。でも、貯えはなかったんで、なんとか開業資金を工面したかったんじゃない？　それと、真下には宮園を殺す動機もあるの。折り込み広告を何度も盗んでたことで警察に捕まったら、カフェを開くどころじゃなくなるでしょう？　死んだ宮園幹雄は真下の背後に市毛元彦がいることを調べ上げて、読毎日報の本社に旭日新聞を刑事告発してもらう気でいたみたいなのよ」

「そういう流れになったのだろうか」

「宮園の訴えは、どうも読毎日報の上層部で握り潰されたみたいなのよ。読毎が旭日新聞に抗議した様子はないというし、告訴してもいないそうなの」

「読毎日報の販売店の人間がライバル紙の販売店に侵入し、折り込み広告を大量にかっぱらったことがあるのかもしれないな」

「さすが加納さんね。わたしも、そうじゃないかと睨んだの。読毎日報と旭日新聞は汚い手を使って定期購読者を奪い合ってるんで、闇の部分を隠したいんじゃないのかな。宮園を病死にしておけと命じたのは、読毎日報の重役の誰かなのかもしれないわね。旭日新聞の本社も、販売店主がライバル紙の同業者殺しにタッチしてたら、そのことはひた隠しにしておきたいでしょ？」

「だろうな」

「ちょっと穿《うが》ちすぎかもしれないけど、読毎日報と旭日新聞は醜聞《スキャンダル》が表面化するのを避けたくて……」

「手を結んだ？　宮園は殺されたんではなく、急性心不全で死亡したことにしたんじゃないかってことか」

「ええ。加納さんは、どう思う？」

「大新聞社はイメージを大切にするだろうが、そこまでやるかな」

「やるんじゃない？」

「そうかな」

「なんだか前置きが長くなってしまったけど、堀越勇介さんはどこで知ったのか、折り込み広告が何度も盗まれたことを取材してたらしいの」

「その情報源は？」

「ニュースソースは明らかにはできないわ。でも、虚偽情報《ガセネタ》を摑まされたことは一度もない相手よ。だから、いい加減な情報じゃないと思うの」

「そっちがそう言うなら、信じることにしよう」

「ちょっと話を脱線させるけど、加納さんはわたしのことをいつも〝そっち〟と呼ぶわよね？」

「言われてみれば、そうだな」

「もう何年もつき合いがあるんだから、野口と呼び捨てにしてよ。恵利香でもいいけどね」

「そっち、いや、きみはおれの部下でもないし、学校の後輩でもない。彼女でもないんだから、下の名前を呼び捨てにはできないよ。さんづけだと、なんか距離感がある気がするんだよな」

「意外に神経が濃《こま》やかなんだ？」

「意外は余計だろうが！」

「あっ、そうね」

恵利香が少女のように首を竦《すく》めた。成熟した大人の女性にはアンバランスな仕種《しぐさ》だったが、妙に新鮮に映った。

　会話が中断したとき、鯛の昆布締めと薄造りが運ばれてきた。

二人はビールを注ぎ合ってから、日本酒に切り替えた。アルコールはどれも好きだが、やはり和食には日本酒が適《あ》う。

　恵利香も酒は嫌いではない。女性らしく、ワインやカクテルに精《くわ》しかった。といっても、知識をひけらかすようなことはなかった。

　二人は鯛料理を食べながら、手酌《てじゃく》で盃《さかずき》を重ねた。

「堀越さんがどこまで新聞拡販競争の闇に斬り込んでたのか不明だけど、殺人事件まで起きたことを知ってたとすれば、旭日新聞が通り魔殺人に見せかけて殺し屋《プロ》に硬派のジャーナリストの口を塞《ふさ》がせたのかもしれないわね」

　恵利香が言った。

「その可能性はゼロじゃないだろうが、いくらなんでもそこまで愚かなことはしないんじゃないのか」

「わからないわよ。信じられないような事件が起こってるでしょ？」

「しかし……」

「怪しいのは旭日新聞だけじゃないわ。読毎日報だって定期購読者の減少を防ぐために汚

ぎしてる企業やリッチマンから金を脅し取って、いろんな施設に匿名で寄附してるんだろ？」

「ノーコメントにさせて」

「確かに日本の福祉政策はなってないよな。心身に障害のある人たちはあまり税金を納めてないという理由で、大切にされてないんだろうか」

「わたしの弟は知的障害者だけど、健常者たちと同じように生きる権利はあるはずよ。もっと幸せになりたいと願ってもいる。わたしたちは、障害のある人たちをみんなで支えなきゃならないと思うの」

「そうだよな」

「自分の弟が老《お》いたときの姿を想像すると、じっとしていられなくなったのよ。ただ、それだけなの」

「そっちは自分が贅沢《ぜいたく》しようとは考えてないんだろう？」

「ええ、そうね。自分は人並に暮らせれば、それでいいわ」

「だったら、自分の生活費は真っ当な方法で稼いで、狡猾《こうかつ》な悪人どもから多額の口止め料をせしめるんではなく、そいつらに直《じか》に匿名で福祉施設に寄附させるんだね。そうしないと、そっちはいつか手錠《ワッパ》を打たれることになるぞ」

「わたし、そういうやり方も考えたのよ。でも、それだと逃げ道を用意して悪事を働いてることになるでしょ？　潔《いさぎよ》さがない気がしたの」

「わたしは法を破ってるんだから、いつかは警察の厄介《やっかい》になると覚悟してるの。だからね、卑怯な生き方はしたくないのよ」

「なるほどな」

「そっちの美学はわかるが、社会的弱者をできるだけ長く支えていくには逮捕《パク》られないようにしたほうがいいな。現職警察官のおれがこんなアドバイスをするのはまずいんだが……」

「わたし、よく考えてみるわ。加納さん、ありがとう。もう一度乾杯してくれない？」

「いいとも」

二人はワイングラスを高く鳴らした。

4

読毎日報板橋販売店は静まり返っている。午後一時過ぎだった。

人の姿はなかった。

加納は、販売店の真横にある低い門扉《もんぴ》を通り抜けた。

野口恵利香と会った翌日だ。加納は水上温泉に行く前に、宮園幹雄の妻に会ってみる気になったのである。

未亡人の名は調べてあった。友子《ともこ》という名で、五十八歳だった。場合によっては、宮園の死亡診断書を書いた内科医の尾形彰《おがたあきら》に探《さぐ》りを入れることになるだろう。

加納は踏み石をたどりながら、サングラスで目許《めもと》を覆《おお》った。ブラックジャーナリストを装って、宮園の死の真相を探るつもりでいる。

自宅は、店舗とは別棟になっていた。といっても、わずか二メートルほどしか離れていない。自宅も、店舗と同様に二階家だった。

加納は自宅のインターフォンを鳴らした。すると、五十代後半の女性が玄関のガラス戸を開けた。小太りで、あまり背は高くない。

「どちらさまでしょう？」

「事情があって、名乗れないんだよ。あんた、宮園友子さんだね？」

加納は、密かにＩＣレコーダーを作動させた。

「そうですけど、ご用件は？」

「死んだ旦那のことなんだが、本当に急性心不全で亡くなったのかい？」

「ええ、そうですよ。掛かりつけの尾形内科医院の先生の死亡診断書もいただいてます」

友子が言いながら、視線を逸《そ》らした。何か後ろめたさがあるからではないのか。

「いま、奥さんは視線を外したね。何か疚《やま》しさがあるんじゃないの？」

「何をおっしゃるんですっ」

「実はさ、旦那は自宅で発作に見舞われて亡くなったんじゃないってことを知ってるんだよ。宮園さんは販売店の前で倒れてた。そのとき、すでに心肺は停止してた。サンダルは片方しか履いてなかった。それから、首に高圧電流銃《スタンガン》を押し当てられたと思われる火傷の痕があった」

「あなた、何が言いたいんです？」

「おそらく旦那は、別の場所で筋弛緩剤でも注射されて死んだんだろうな。つまり、薬殺されたんだろう。しかし、そのことを伏せなきゃならない事情があった」

「そんな事情なんかありませんよ」

「奥さんも当然、知ってるよね。翌日の朝刊の折り込み広告を夜中に販売店に忍び込んだ奴に何度も大量に盗まれたことをさ」

「そのことは知ってますけど、それがどうだとおっしゃるんです？」

「旦那は朝刊の遅配で定期購読者が減ることを懸念《けねん》して、防犯カメラを増やした。それで、折り込み広告を幾度も盗んだ男が以前、旭日新聞板橋販売店で働いてた真下という奴だと突きとめた。そして、旦那はそのことを読毎日報東京本社に報告した」

「夫は、そんなことしてません」

「そうかな。ま、聞きなよ。読毎日報は旦那をうまくなだめ、事を大きくしなかった。読毎日報も宿敵の旭日新聞の販売妨害をしてたからなんだろう。下手に騒いだら、藪蛇になるからね」

「読毎日報は、旭日さんの販売妨害なんかしてないと思うわ」

「販売店としては、そう思いたいだろうな。しかし、いまは喰うか喰われるかの時代だ。どの新聞社だって、ライバル紙の売上を減らしたいと願ってるにちがいない」

「そうでしょうけど……」

「それはそれとして、旦那が殺されたんだとしたら、折り込み広告を盗みつづけてた真下と元雇い主の市毛元彦が事件に関与してるかもしれない。読毎日報の偉いさんも、そう睨んでるんじゃないのかな。だが、そのことを警察に知られたら、自分たちがライバル紙の販売を妨害してたことも露見しかねない。だから、読毎日報の役員の誰かが内科医の尾形に偽の死亡診断書を書かせたんでしょ？　もちろん、多額の謝礼を払ってね。奥さん、そうだったんじゃないの？」

加納は揺さぶりをかけた。

「夫は病死したんです。ええ、間違いありません」

「奥さんを脅迫してるわけじゃないんだ。おれは、大新聞社の不正を暴《あば》きたいだけなんだよ」

「妙な言いがかりをつけるんだったら、警察に通報しますよっ」

友子が切り口上で言い、玄関の戸を閉めて内錠を掛けた。

加納は苦く笑って、宮園宅から離れた。七、八十メートル歩き、路上に駐《と》めたランドローバーに乗り込む。

尾形内科医院は、同じ町内にある。加納は車を発進させた。ひとっ走りで、目的のクリニックに着いた。

加納はクリニックの生垣《いけがき》の横にランドローバーを駐め、すぐに運転席を出た。サングラスを外し、尾形内科医院の玄関口に進む。

休診時間帯のようで、ドアはロックされていた。加納はインターフォンを鳴らした。

ややあって、女性の声で応答があった。

「午後の診察時間は三時からなんですよ」

「患者ではありません。警察の者です。尾形先生は宮園幹雄さんの死亡診断書を出されてますが、そのことで確認させてほしいことがあるんですよ。先生に取り次《つ》いでもらえませんか」

「少々、お待ちください」

相手の声が熄《や》んだ。加納は半歩退《さ》がった。

数分後、中年の女性看護師がドアを開けた。

「お目にかかるそうです」

「それはありがたい」

「院長室にご案内します」

「よろしく！」

加納は、四十六、七歳の看護師の後《あと》に従った。院長室は診察室の奥にあった。

看護師が遠ざかってから、加納はふたたびサングラスをかけた。上着のポケットの中のICレコーダーの録音スイッチを入れ、院長室をノックする。

「どうぞ入ってください」

ドア越しに男の声で返事があった。

加納は院長室に足を踏み入れた。内科医の尾形は窓際の執務机に向かっていた。五十

七、八歳で、髪は半白だ。

加納は勝手に応接ソファにどっかと腰かけた。尾形が眉根を寄せる。

「警察学校では、礼儀を教えてくれないのか。市民に何か協力を求めるときは、先に名乗るもんだろうが！　それに、ここは戸外じゃない。サングラスを外したまえ」

「警察の者と称したが、おれはゴシップ・ライターなんだよ。ブラックジャーナリストと呼ぶ奴もいるな。あんたの私生活を調べさせてもらった。開業医は稼いでるんだな。そうじゃなきゃ、若い愛人なんか囲《かこ》えっこない」

加納は言った。あてずっぽうだったが、尾形は明らかに狼狽《ろうばい》した。図星だったのだろう。

「まさか浮気は、女房公認ってわけじゃないよな」

「妻は、七海《ななみ》のことはまったく知らない。愛人のことがわかったら、離婚を迫られるだろう。だから、七海のことは女房には内緒にしておいてくれないか。いくら出せばいいんだね？」

「金を強請《ゆす》る気はない。おれの質問に素直に答えてくれりゃ、それでいい。本題に入るぞ。宮園幹雄は急性心不全で死んだんじゃないんだろ？」

「いや、本当に病死だったんだ」

「そうじゃないだろうが！　あんたは、いんちきな死亡診断書を書いた。そうなんだなっ」

「そんなことをしたら、わたしは医師免許を剥奪《はくだつ》されてしまうよ」

「宮園の首のあたりには、高圧電流銃《スタンガン》による火傷の痕があったはずだ。それから、腋の下か指の股に注射痕があったにちがいない。おそらく宮園は自宅以外の場所で、筋弛緩剤溶液を注射されて死んだんだろう。死因は急性心不全ではなく、薬殺だった。そうだよな？」

「わたしの診断に誤りはない。注射痕などはどこにもなかったよ」

「偽の死亡診断書を書いた覚えはないと言い張るなら、あんたは愛人と妻の両方に去られることになるだろう」

「そ、そんな⁉」

「誰に頼まれて宮園が病死したことにしたんだ？　旭日新聞板橋販売店店主の市毛元彦に泣きつかれたのかっ」

「…………」

「黙ってないで答えろ！」

「正体不明の男が電話で愛人のことを妻に知られたくなかったら、宮園さんが自宅で急性心不全で亡くなったことにしろと……」

「もう少しリアリティーのある嘘をつけよ」

「本当なんだ。作り話なんかじゃない。ボイス・チェンジャーを使ってたんで、脅迫者の年齢《とし》ははっきりしなかったがな。発信場所は公衆電話だったよ」

「あんたは愛人の七海のことを妻に知られたくなかったんで、脅迫に屈したのか？」

「そうなんだよ。実に情けない話だがね」

「火傷の痕には気づいてたのか？」

「それはわからなかったが、利き手の二の腕の注射痕はあったよ。それで、宮園さんが薬殺されたかもしれないと思ったんだ。筋弛緩剤を注射されたのか、麻酔薬溶液を致死量注入されたのかは判断つかなかったが。病死でないことは確かだよ」

「やっぱり、そうだったか。あんたには関係のないことだが、新聞の拡販競争を巡る出来事が殺人事件の呼び水になったんだろう。それはそうと、謎の脅迫者は十一月二日の夜に歌舞伎町の裏通りで刺殺されたノンフィクション・ライターの堀越勇介のことを口にしなかったか？」

加納はソファから腰を浮かせた。

「その男のことは一言も言わなかったな」

「そうか。堀越があんたのことを嗅ぎ回ってた気配は？」

「まったくうかがえなかったよ。そのノンフィクション・ライターは、わたしが偽の死亡診断書を出したことを知ってたんだろうか」

「そうなのかもしれないんだ」

「でも、どうやって知ったのか。正体のわからない脅迫者が堀越というライターに教えたとは考えにくいが……」

「ま、そうだな」

「ところで、わたしはどうなるんだ？　偽の死亡診断書のことをおたくは医師会に密告するつもりなんじゃないのか。そんなことをされたら、わたしは破滅だ。いま一千万円の小切手を書くから、医師会には何も言わないでくれないか。頼むよ、この通りだ」

尾形が机に両手を掛け、深く頭を下げた。

「おれは、金よりも女が好きなんだよ。七海って愛人を一晩貸してもらうか」

「えっ⁉」

「どうだい？」

「一晩ぐらいなら、貸してもいいよ」

「あんたは、愛人のことをセックスペットと思ってるだけなんだな。愛人を一晩貸せと言ったのは冗談だよ。邪魔したな」

加納は口を歪《ゆが》め、院長室を出た。そのまま表に出て、ランドローバーに乗り込む。

宮園幹雄が病死でなかったことは、これではっきりとした。しかし、読毎日報板橋販売店店主の殺害に真下芳正や市毛元彦が絡んでいるかどうかは確認できていない。

市毛は今朝《けさ》、バスで親睦旅行に出かけたはずである。加納は車を練馬区に向けた。関越《かんえつ》自動車道の下《くだ》り線に乗り入れたのは、数十分後だった。

渋滞はしていなかった。加納は、後続の黒いプリウスが気になった。

不審な車は練馬IC《インターチエンジ》から、ずっとランドローバーを追尾する形で走っている。その気になれば、加納の車を追い越すチャンスは何度もあった。

だが、そうはしなかった。動きが怪しい。

やがて、加納は数キロ先の上里SA《かみさとサービスエリア》に入った。不審なプリウスも従《つ》いてくる。運転手はツイード地のハンチングを被り、流行遅れのミラーグラスで目を隠していた。若くはなさそうだ。

加納は車を広い駐車場の中ほどに停止させ、すぐに運転席から出た。トイレに向かいながら、走路を低速で進んでいるプリウスのナンバーを刑事用携帯電話《ポリスモード》のカメラで隠し撮りする。

加納はトイレに入り、小用を足した。トイレに数分留《とど》まってみたが、プリウスの運転者は近づいてこない。

加納は外に出て、視線を延ばした。ハンチングの男は、プリウスの運転席に坐ったままだった。車は、ランドローバーから三十メートルあまり離れた所に駐めてあった。

加納はランドローバーに乗り込み、スマートフォンのディスプレイに隠し撮りした映像を再生させた。プリウスのナンバーの上には、〝わ〟が冠せられている。レンタカーだ。

加納はダッシュボードのパネルを手前に引き、端末を操作してナンバー照会をした。レンタカーの営業所は、池袋にあった。

加納はパネルを元の位置に戻し、レンタカーの営業所に電話をかけた。プリウスを借りた者と称して、営業所のスタッフにブレーキの利きが甘いと嘘をついた。スタッフとの遣《や》り取りで、プリウスの借り手が真下芳正であることがわかった。

加納はほくそ笑《え》んで、電話を切った。どうやら真下は、何らかの形で宮園の死に関わっているようだ。そのことを堀越に知られ、旭日新聞東京本社の拡張員はノンフィクション・ライターの口を封じたのか。

加納はランドローバーを飛び出し、プリウスに向かって駆けはじめた。

と、プリウスが急発進した。加納に向かって猛進してくる。撥《は》ねる気らしい。

加納は走路から横に跳《と》んだ。プリウスが風圧を残して、走り去った。加納は急いでランドローバーに駆け戻った。車を走らせ、プリウスを追う。

プリウスは、すでに本線に向かっていた。

加納は加速した。プリウスが下り線に入って、スピードを上げる。加納もアクセルを深く踏み込んだ。

プリウスは沼田《ぬまた》ＩＣで一般道に下り、国道一二〇号線を沼田市方面に向かった。加納は追走した。プリウスは直進し、吹割《ふきわれ》の滝《たき》の先から赤倉《あかくら》山の山裾を疾走しはじめた。自分を寂しい場所に誘い込むつもりなのかもしれない。

加納は罠の気配を感じ取ったが、怯《ひる》むことはなかった。

プリウスは林道をしばらく走り、さらに山の中腹まで進んだ。加納は追跡を続行した。

不意にプリウスのスピードが落ちた。

野生動物に出くわしたのか。プリウスの運転席から、ハンチングを被った男が飛び出した。

加納は反射的にランドローバーから出た。

「真下だな？」

「人違いだ。おれは、そんな名前じゃない」

「ミラーグラスを外せ！　あんたがそのレンタカーを借りたことはわかってるんだ」

「…………」

「真下、市毛元彦に頼まれて宮園幹雄を薬殺したのか？」

「宮園？　どこの誰だよ」

「空とぼけても、意味ないぞ。あんたは宮園が経営してた読毎日報板橋販売店に何度も夜中に忍び込んで、朝刊に折り込むチラシ広告を大量に盗んでた。世話になった市毛に頼まれたんで、断れなかったんだろう」

「なんの話だ？　おれには、さっぱりわからないな。第一、おれは真下じゃないっ」

ハンチングの男が声を張った。

「世話を焼かせると、あんたのどっちかの脚《あし》を撃つぞ」

「撃つだって⁉」

「そうだ」

加納はショルダーホルスターからグロック32を引き抜き、スライドを引いた。初弾が薬室に送り込まれた。

「それ、モデルガンだろ？」

「真正《しんせい》拳銃だよ」

「嘘に決まってる」

相手が身を翻《ひるがえ》した。

加納は銃口を空に向け、威嚇《いかく》射撃した。乾いた銃声が轟《とどろ》き、薬莢《やっきょう》が右横に弾き出された。硝煙がたなびく。真下が立ち止まった。

近くに民家はない。発砲音を耳にした地元の人間はいないだろう。

「撃たないでくれーっ」

「真下芳正だな？」

加納は確かめた。

「そうだよ」

「宮園の販売店に深夜に侵入して、折り込み広告を大量に盗み出したことは認めるな？」

「それは……」

「はっきり答えないと、片方の太腿に銃弾をめり込ませるぞ」

「そんなこと、やめてくれ！　市毛の親父《おやじ》さんには何かと面倒を見てもらったんで、読毎日報の定期購読者を旭日新聞の客にしようという計画に協力せざるを得なかったんだ。本当は気が進まなかったんだが、人参をぶら提《さ》げられたんでな」

「あんたはカフェのオーナーになりたいようだね」

「なんで知ってるんだ、そんなことまで⁉」

　真下が驚きの声を発した。

「市毛元彦はカフェの開業資金をそっくり出してやるから、折り込み広告盗難の件で騒ぎ立てた宮園幹雄を始末してくれと言ったんじゃないのかっ。あんたは何らかの方法で筋弛緩剤か麻酔薬を手に入れて、その溶液で宮園を薬殺した。そうじゃないのか？」

「おれは宮園の店から十数回、折り込み広告をごっそりとかっぱらっただけで、人殺しなんかしてないよ」

「それじゃ、市毛自身が実行犯を見つけて、宮園を薬殺したのかっ。それとも、旭日新聞の重役か誰かが殺し屋《プロ》を雇ったのか。どっちなんだ？」

「おれは、そこまで知らないよ。市毛の親父さんが宮園の口を塞《ふさ》ぎたがってたことは確かだが、殺人事件に関わってるかどうかわからない。本当なんだ」

「そのことは、もういい。市毛の指示で、おれの車を尾《つ》けてきたんだな」

「おれは折り込み広告の件が発覚したのかどうか気になったんだけど、もう尾行はしないよ。見破られちゃったからな」

「あんたや市毛の周辺を堀越というノンフィクション・ライターが嗅ぎ回ってなかったか？」

「市毛の親父さんはどうかわからないが、おれはそんな気配を感じたことはないよ」

「そうか」

加納はグロック32のセーフティー・ロックを掛け、ホルスターに納めた。

そのとき、真下が走りだした。すぐに山林の中に逃げ込んだ。

「止まらないと、撃つぞ」

加納は山林の中に分け入って、真下を追った。樹間に真下の後ろ姿が見え隠れしていたが、林の中では命中率がぐっと低くなる。

加納は懸命に追ったが、身柄を確保できそうもない。深追いは賢明ではないだろう。加納は林道に戻り、ランドローバーを七、八十メートル後退させた。

そのうち真下は、そっとレンタカーに戻るにちがいない。加納は静かに車を降り、プリウスのそばの物陰に身を隠した。

第三章　魔の迷走捜査

1

星が瞬《またた》きはじめた。

あたりは漆黒《しっこく》の闇だった。山の寒気は厳しい。指先がかじかんでいる。

加納は絶えず足踏みをして、手の甲を摩《さす》りつづけていた。それでも凍《こご》えそうだ。

真下は、山林の奥に逃げ込んだままだった。レンタカーに戻る気配はうかがえない。プリウスを置き去りにして、赤倉《あかくら》林道に出たのか。そして、通りかかった車に同乗させてもらったのだろうか。

加納はランドローバーに足を向けた。

エンジンを唸らせ、エア・コンディショナーの設定温度を高める。加納は車内が暖かくなってから、車を側道までバックさせた。ハンドルを切り、沼田《ぬまた》街道をめざす。

沼田街道は国道一二〇号線に繋《つな》がっている。沼田ICから関越自動車道の下り線に乗り入れ、水上ICで国道二九一号線を谷川岳《たにがわだけ》方面に進んだ。

『水上観光ホテル』は、湯原《ゆはら》と水上の中間地点にあった。六階建てで、露天風呂もあるようだ。

加納は車をホテルの専用駐車場に置き、フロントに直行した。警察手帳をフロントマンに呈示《ていじ》し、市毛たち一行が四階の各室で旅装を解いたことを教えてもらう。市毛は四人部屋にいるらしい。フロントマンに市毛の顔の特徴を教えてもらった。馬面で、額が大きく後退しているそうだ。

「旭日新聞販売店の御一行さまの中に犯罪者がいるのでしょうか？」

三十代前半のフロントマンが不安顔で問いかけてきた。

「そういうことじゃないんですよ。ある人物が逆恨《さかうら》みされて、危害を加えられるかもしれないんで……」

「そういうことですか」

「宿泊客には迷惑をかけたりしませんから、ご安心ください」

加納はフロントを離れ、エレベーターホールに急いだ。四階に上がり、市毛たち四人に割り当てられた部屋を訪ねる。

だが、部屋には誰もいなかった。露天風呂に浸《つ》かっているのか。

加納はエレベーターで地下一階に下《お》り、露天風呂専用の脱衣所に入った。ロッカーの向こうに裸の男たちが七、八人いる。

加納は服を脱ぐ振りをしながら、男たちを観察した。

その中に馬面で、髪の薄い六十年輩の男がいた。市毛元彦だろう。皮膚に張りこそないが、まだ体は老いさらばえてはいない。

市毛と思われる男は、脱衣所から露天風呂に移った。加納は脱衣所の外で、待つことにした。

脱衣所の近くにたたずんでいると、ツイード地のハンチングを被った男が近づいてきた。真下だった。包みを抱えた真下は、加納には気づかなかった。険《けわ》しい顔つきで、脱衣所に入っていった。入浴する気ではないのだろう。

加納は十秒ほど遣り過ごしてから、自分も脱衣所に足を踏み入れた。ちょうどそのとき、真下が露天風呂に向かった。

衣服をまとったままだった。壺のような容器を抱えている。真下は何か企《たくら》んでいるのではないか。

加納は、そう直感した。自分も露天風呂に降りる。市毛とおぼしき男は、同業者たちと一緒に湯に浸かっていた。

「市毛の親父《おやじ》さん、汚いことをするじゃないかっ」

真下が馬面の男を詰《なじ》って、壺の中の液体を露天風呂に撒《ま》いた。

次の瞬間、湯から白煙が立ち昇った。撒き散らされたのは稀硫酸《きりゅうさん》のようだ。

「熱い！」

飛沫を肩に浴びた初老の男が立ち上がった。市毛たちが露天風呂の奥に逃れ、次々に湯から出た。

「くそっ」

真下が壺を露天風呂の真ん中に投げ込んだ。白い煙が上がった。

「なんてことをしたんだっ」

加納は真下に体当たりした。

真下が洗い場に転がり、短く呻いた。弾みでハンチングが頭から落ちた。真下は起き上がり、露天風呂の周《まわ》りの斜面に積み上げられている囲い石をよじ登りはじめた。

加納は真下を追った。

真下は擂《す》り鉢《ばち》状の囲い石を登り切り、垣根を越えてホテルの庭に出た。加納も垣根を越えた。

真下は、ホテルの裏山に向かって疾走している。加納は全速力で駆け、真下に体当たりをくれた。真下が肩から転がった。近くに落ちていた石塊《いしくれ》を摑み上げ、加納に投げつけてきた。だが、当たらなかった。

加納は、起き上がりかけている真下に走り寄った。後ろ襟を摑んで、大腰《おおごし》で地べたに投げつける。

真下は腰を摩《さす》りながら、野太《のぶと》く唸った。加納は無言で、真下の脇腹を蹴り込んだ。真下が四肢を縮める。

「レンタカーを置き去りにして、赤倉林道に出たんだな？」

加納は訊《き》いた。

「そ、そうだよ」

「それから、どうした？」

「通りかかった地元の人の軽トラックに乗せてもらって、レンタカーを置いた場所で降ろしてもらったんだよ。それで沼田駅の近くの工場から壺ごと稀硫酸をかっぱらって、こっちまで来たんだ。市毛の親父さんの宿泊先はわかってたんでな」

「恩義のある市毛になぜ稀硫酸をぶっかけようとしたんだ？」

「おれを騙《だま》したからさ」

真下が言った。加納は上着のポケットのＩＣレコーダーの録音スイッチを入れてから、口を開いた。

「騙されたって、どういうことなんだ？」

「おれは市毛の親父さんに頼まれて宮園の店に十数回も忍び込んで、数え切れないほどの折り込み広告を盗み出してやった。その報酬として、一千万円貰えることになってたんだ。けど、親父さんは二百万円しか払ってくれなかった」

「残りの八百万円は払う気がなさそうだったのか？」

「親父さんは、条件を付けてきたんだよ」

「どんな条件を付けられたんだ？」

「読毎日報の折り込み広告の件で刑事告訴も辞さないと騒いでた宮園幹雄を殺《や》ってくれれば、残りの八百万はすぐに払うと言ったんだよ。人殺しまでは引き受けられないから、おれははっきりと断った。で、残りの金を払う気がないんだったら、親父さんのことを読毎日報東京本社に告げ口すると逆に脅迫したんだ」

「それでも、市毛はあんたに残りの報酬を払わなかった。そうなんだな？」

「それどころか、親父さんは池袋のチンピラたちを雇って……」

「そいつらにあんたは袋叩《ふくろ》きにされたわけか」

「そうだよ。その三人のうちのひとりは、暴力団の準構成員だったんだ」

「それで、あんたはビビってしまったわけか」

「そうなんだけど、このままじゃ癪《しゃく》じゃないか。だから、おれは逆襲に出たんだ。市毛の親父さんは鹿内《しかうち》って準構成員に宮園を始末してくれる奴を探させたと睨んだんで、そのことをちらつかせたんだよ」

「市毛はどう言ってた？」

「自分は誰にも宮園なんか殺《や》らせてないと言ってたけど、それは怪しいね。おれに弱みを握られたと思ったらしく、親父さんはまた鹿内たち三人を差し向けてきたんだ」

「また、袋叩《フクロ》きにされたのか？」

「そこまではされなかったけど、貰った二百万を鹿内に奪われてしまった。親父さんに文句を言ったら、自分は鹿内たちを差し向けたりなんかしてないと空とぼけたんだ。おれは恩義があると思ってたから、親父さんに言われるままに宮園の店から折り込み広告を大量にかっぱらってやったんだよ。それなのに、おれを利用するだけ利用しやがって！」

「確かに汚いな」

「そうだよな。市毛の親父さんが何らかの方法で殺し屋を見つけて、そいつに宮園を始末させたんだと思うよ。宮園は病死したことになってるみたいだけど、親父さんに消されたんだろうね」

真下が半身を起こした。加納は真下に気づかれないように細心の注意を払って、ＩＣレコーダーの停止ボタンを押した。

「おたく、何者なんだ？　もしかしたら、刑事かもしれないと思ったんだが……」

「警察の人間がむやみに発砲するか？」

「いや、しないだろうな。いったい何屋なんだ？　市毛の親父さんは内科医の尾形からおたくのことを教えられて、正体を突きとめてくれと言ったんだよ。そうしたら、本当に残りの金を払ってくれると約束してくれた。半信半疑だったけど、どうしても八百万を貰いたかったんで、用賀にあるおたくの自宅のそばで張り込んでたんだ」

「そうだったのか。市毛は、どうやってこっちの家を突きとめた？」

「そのへんのことはわからないけど、親父さんは折り込み広告の件がバレることを極度に恐れてたから、自分の身辺を嗅ぎ回ってる人間を調査会社の調査員に調べさせたんじゃないのかな。そうじゃないとしたら、旭日新聞の人間が動いてるんだろうね。宮園が折り込み広告を大量に盗まれたことで刑事告訴しかけたとき、旭日新聞の販売担当の重役はだいぶ焦ってたらしいからさ」

「その重役の名は？」

「えーと、鶴丸真《つるまるまこと》だったと思うよ。市毛の親父さんは宮園が刑事告訴しそうになったら、販売担当重役にちょくちょく連絡を取ってたからな」

「そうか」

「おたく、おれをどうする気なんだ？」

真下がのろのろと立ち上がった。

「市毛に騙されて腹が立つんだろうが、ホテルで騒ぎを起こさないで東京に戻るんなら、あんたを警察には売らないよ。ホテルの者にも黙っててやろう」

「おとなしくレンタカーで東京に戻るから、何も見なかったことにしてくれないか」

「いいだろう」

加納は踵《きびす》を返し、ホテルに戻った。

表玄関からロビーに入り、一階奥のグリルで夕食を摂《と》った。それほど腹は空いていなかったが、時間潰《つぶ》しだった。

市毛たち一行は入浴後、宴会場で飲食をしているにちがいない。加納はフィレステーキをゆっくりと食べ、コーヒーを飲んだ。

グリルを出たのは午後八時半過ぎだった。宴会場は一階の奥にあった。手前の宴会ホールは無人だった。

市毛たち一行の宴会は、隣の大広間で催《もよお》されていた。若い女性の声も洩《も》れ聞こえてくる。お座敷コンパニオンを呼んで、大いに盛り上がっているようだ。

大広間の向こう側に、階段の昇降口があった。加納は、通路からは死角になっている場所に身を潜めた。大広間の襖が開くたびに、顔半分を突き出す。加納は手洗いに向かう者たちの顔を確認して、すぐに首を引っ込めた。

二十数分経《た》つと、市毛元彦が宴会場から出てきた。トイレに行くのだろう。トイレは無人のホールの隣にある。

じきに市毛がトイレの中に消えた。

加納はサングラスをかけて、使われていない宴会ホールの前まで進んだ。

少し待つと、トイレから市毛が現われた。顔が赤い。だいぶ飲んだようだ。市毛は千鳥足だった。

加納は黙って接近し、市毛に当て身を喰《く》らわせた。

市毛が呻いて、ゆっくりと頽《くずお》れる。加納は丹前《たんぜん》の後ろ襟を引っ掴んで、人のいない宴会ホールに引きずり込んだ。なぜだか、照明は点いていた。ホテルの従業員が消し忘れたのだろうか。

市毛は意識は失っていない。鳩尾《みぞおち》を手で押さえて苦しげに唸っている。呼吸が荒かった。

加納は上着のポケットからICレコーダーを取り出し、再生ボタンを押した。先に尾形との会話が流れ、次に真下との遣り取りが再生された。

「な、何なんだ⁉」

市毛が上体を起こして、赤く染まった顔面を強張《こわば》らせた。

「あんたが真下を宮園幹雄の販売店に夜中に侵入させて、十数回も折り込み広告を大量に盗み出させたんだなっ」

「真下が言ってることは、全部でたらめだよ。わたしは読毎日報の販売店なんかライバル視してない。発行部数こそ読毎のほうが多いが、旭日新聞のほうが公正で中立の立場を貫いてる。そのうち昔のように売上ランキングも逆転するさ」

「リベラルを売りものにしてる旭日新聞の販売店主が元従業員の真下に読毎日報板橋販売店に忍び込ませ、折り込み広告を大量にかっぱらわせて、ライバル紙の定期購読者を減らそうとするとは世も末だな」

「同じことを何度も言わせないでくれ。真下が喋ってることは中傷なんだ。根も葉もない話だよ。悪質なデマさ」

「悪質なのは、あんたじゃないのかっ。真下に一千万をやると言って、二百万円しか払わなかったらしいからな。その金も三人のチンピラどもに回収させたんだろ？　そして、宮園を始末してくれたら、残りの八百万円を払ってやると人参をちらつかせた。真下はあんたにうまく利用されたことに気づいて、腹を立てたんだろう。だから、あんたが露天風呂に浸かってるときに稀硫酸を撒いたにちがいない」

「そういえば、おたく、逃げた真下を追ったよな。何者なんだ？」

「わかってるくせに。旭日新聞の販売担当の鶴丸という重役がおれのことを調査会社に調べさせたんだろうがっ」

「真下がそんなことを言ったようだが、嘘っぱちだよ」

「もう観念しろ！　あんたは内科医の尾形に七海という愛人がいることを調べ上げ、宮園が急性心不全で亡くなったという偽の死亡診断書を認《したた》めさせたんじゃないのか。え？」

「そのドクターも、いい加減なことを言ったんだよ」

「粘《ねば》るね」

加納はＩＣレコーダーをポケットに戻した。

市毛の上体を引き起こし、右腕を首に回す。喉を少しずつ圧迫していく。市毛が全身でもがきはじめた。だが、無駄な抵抗だった。

「こいつは、グレイシー柔術のチョーク・スリーパーという技《わざ》だよ。柔道では裸絞めと呼ばれてる。もう少し腕に力を入れれば、あんたは意識を失うだろう」

「く、苦しい！」

「さらに力を加えりゃ、あんたは確実に窒息死する。頸骨《けいこつ》も折れるな」

「息が、息ができない。目も霞《かす》んできた」

「喋れるうちは、まだ死にはしないよ」

加納は荒っぽい絞め技をかけながら、左手で上着のポケットからＩＣレコーダーを摑み出した。録音ボタンを押す。

「もう勘弁してくれっ。本当に息苦しくて、肺が破裂しそうなんだ」

「まだ余裕がありそうだな。もう少し絞めてやろう」

「うーっ」

市毛が床を平手で強く叩きはじめた。

「あんたはネットの裏サイトで、どんな犯罪も引き受ける奴を見つけたんじゃないのかい？　それで、そいつに筋弛緩剤か致死量の麻酔薬を注射させた。そうなんじゃないのかっ」

「わ、わたしは……」

「何を言ったのか、聞こえなかったな」

加納は少しだけ腕の力を抜いた。

「わたしは殺し屋なんか雇ってない。真下に宮園の店から十数回、折り込み広告をごっそり盗み出させただけだよ」

「一度、失神させないと、正直になれないようだな」

「もう絞め上げないでくれ。おたくが手加減をミスったら、わたしは死んでしまうかもしれないんだろ?」

「そうなったら、運が悪かったと諦めるんだな」

「冗談じゃない。まだ死にたくないよ。嫁いだ娘が来年二月に初孫を産むんだ。孫が成人になるのを見届けたいよ」

「長生きしたかったら、宮園幹雄を葬った奴の名を吐け」

「断定的なことは言えないが、販売担当重役の鶴丸さんが殺し屋を雇って宮園を薬殺させたのかもしれないな。鶴丸さんは宮園が刑事告訴しかけたとき、何か手を打たないと自分は失脚するとうろたえてたんだ」

「そうか。それはそうと、あんたの身辺をノンフィクション・ライターの堀越勇介が嗅ぎ回ってなかったか?」

「そういうことはなかったよ」

「清水秀一という男とつき合いは？」

「そんな名の奴は知らないな」

　市毛が即座に答えた。

　加納はＩＣレコーダーの停止ボタンを押した。ＩＣレコーダーを上着のポケットに戻してから、チョーク・スリーパーを解く。

「死ぬかと思ったよ」

　市毛が喉のあたりを撫《な》で摩りながら、フロアに寝転がった。

　加納は宴会ホールを出ると、サングラスを外した。大股でロビーを横切り、駐車場に足を向ける。夜風は尖《とが》っていた。

　加納はランドローバーに乗り込み、イグニッションキーを回した。そのすぐ後《あと》、私物のスマートフォンが懐で振動した。

　スマートフォンを取り出す。発信者は野口恵利香だった。

「加納さん、水上温泉に行ってみた？」

「いま市毛たち一行が泊まるホテルの専用駐車場にいるんだ。これから、東京に舞い戻るとこだよ。来た甲斐があった」

加納は経過をかいつまんで伝え、録音音声を流した。音声が途絶えると、恵利香が声を弾ませた。

「市毛元彦が苦し紛《まぎ》れに嘘をついたとは思えないわ。宮園幹雄を殺し屋《プロ》に始末させたのは、旭日新聞の鶴丸真という販売担当の重役なんでしょうね」

「そう考えてもいいだろう。しかし、堀越勇介が新聞拡販の闇を取材してた様子はなかったんだ。そっちは虚偽情報《ガセネタ》を摑まされたのかもしれないぞ」

「そうなのかな。だとしたら、加納さんに回り道をさせちゃったことになるのね。わたし、別のルートから堀越さんに関する情報を集めてみるわ」

「そうしてくれないか」

加納は電話を切り、ハンドルを握った。

2

ようやく電話ボックスが目に留《と》まった。

池袋の外れだ。加納は、ランドローバーを電話ボックスの脇に停めた。水上温泉に行った翌日の夕方である。

加納は車を降り、電話ボックスの中に入った。丸めたハンカチを口に入れ、旭日新聞東京本社の代表電話番号をプッシュする。

待つほどもなく、交換台に繋《つな》がった。

「板橋販売店の市毛ですが、役員の鶴丸さんに電話を回していただけますか？」

加納は市毛になりすました。特に怪しまれることはなかった。

「鶴丸です。市毛さん？」

「いや、そうじゃない。あんたに聴かせたい録音音声がある」

「録音音声だって⁉　きみは誰なんだ？」

鶴丸が早口で訊いた。

加納は黙ってICレコーダーの再生スイッチを入れた。昨夜の市毛との会話が響きはじめる。鶴丸は電話を切りかけたが、無言で音声に耳をそばだてている様子だ。焦《あせ》っているにちがいない。

やがて、音声が途絶えた。加納は停止ボタンを押し、ICレコーダーを上着のポケットに突っ込んだ。

「市毛を追い込んでる男に心当たりがあるな？」

「遣《や》り取りから察すると、警視庁の元管理官の加納って奴だと思うが……」

「よくわかったな。市毛が真下に読毎日報の折り込み広告を大量にかっぱらわせたことを加納が調べはじめたんで、あんたは調査員を雇ったんだろう。そうだな?」

「きみは何者なんだ?」

「おれは加納の代理人だよ。あんたは読毎日報板橋販売店店主の宮園幹雄が、真下の雇い主を市毛だと見破ったんで、刑事告訴を阻《はば》みたかった。それで殺し屋を雇って、宮園を薬殺させた。そして、尾形という内科医の弱みにつけ入り、偽の死亡診断書を書かせた。そうなんだろう?」

「わたしを犯罪者扱いするなっ。市毛が妙なことを言ってたが、まったく身に覚えのないことだ」

「鶴丸さん、諦めなって。加納は話のわかる男だ。あんたの出方次第では、宮園が病死したってことにするだろう」

「鼻薬をきかせれば、目をつぶってくれるだろうって意味だな?」

「そういうことだよ」

「しかし、調査会社の報告によると、加納は準キャリアの硬骨漢らしいじゃないか。そんな男が裏取引に応じるとは思えないが……」

「加納は捜一《そういち》の係長時代、猟犬タイプの敏腕刑事だったよ。けど、管理官になってからは仕事に対する意欲が薄れた。あいつは飯よりも現場捜査が好きなんだ。管理官を外されてからは助っ人捜査員をやらされてるようだが、以前のような情熱はなくなってる。それに、あの男は無類《むるい》の女好きだから、いろいろ金もかかるんだろう。少しまとまった金を握らせれば、あんたがやったことには目をつぶってくれるはずだ」

「お目こぼし料は五百万ぐらいでいいのか」

「ゼロが一つ足りないな」

「ご、五千万円も出せだと⁉」

「天下の旭日新聞なら、それぐらいは用意できるだろうが」

「トップはもちろん、副社長や専務にも相談できないことだから……」

「刑務所にぶち込まれたくなかったら、なんとか五千万円を工面《くめん》するんだな」

「一日だけ時間をくれないか」

「いいだろう」

「加納は複数の代理人を使って、口止め料を二重奪《ど》りする気なんじゃないだろうな」

「おれよりも先に恐喝を働いた人間がいるのか？」

「ああ。まだ口止め料は渡してないがね」

「そいつは加納の代理人じゃない。代理人は、おれひとりだからな」

「えっ、そうなのか。わたしに一億円の口止め料を要求してきた相手は、真下と市毛を追い込んで折り込み広告の件と宮園の薬殺のことを調べ上げたと言ってた。それだから、てっきり加納の代理人だと思ってたが……」

「そいつは、はったり《ブラフ》をかませたんだよ」

「そうなのかな」

鶴丸が呟いた。

「加納の代理人は、本当におれだけだって」

「きみの名前を教えてくれないか」

「あんたが五千万円払う気になったら、おれの名を教えてやろう。明日の夕方、また電話するよ」

加納は受話器をフックに掛け、口から丸めたハンカチを抓《つま》み出した。唾液で湿っていた。

加納は電話ボックスを出て、ランドローバーの運転席に入った。鶴丸を先に強請《ゆす》ったのは恵利香だろう。

相手は大新聞社の販売担当の重役だ。危険すぎる。下手したら、美しい強請屋は抹殺《まっさつ》されてしまうだろう。

加納は私物のスマートフォンを使って、恵利香に電話をした。コールサインが虚《むな》しく響くだけで、通話可能状態にはならない。加納はメッセージセンターに伝言を預け、所定のポケットに戻した。

ランドローバーを発進させ、市毛の新聞販売店に向かう。すでに水上温泉からは戻っているはずだ。

目的地に到着したのは、およそ二十分後だった。

加納は、車を旭日新聞板橋販売店から四十メートルほど離れた暗がりに停止させた。ライトを消し、エンジンも切る。

十五分も過ぎると、車内の空気が冷えはじめた。アイドリングしたままで張り込んでいると、住民に訝《いぶか》しがられる。二十代のころは、怪しまれてパトカーを呼ばれたことが何度かあった。

加納は直《じか》に鶴丸を揺さぶってみた。

鶴丸は市毛から宮園が折り込み広告のことで騒ぎたてそうだと聞かされ、パニックに陥ったのではないか。拡販競争が熾烈《しれつ》とはいえ、まさか市毛が元従業員の真下を十数回もライバル紙の販売店に忍び込ませて大量の折り込み広告を盗ませるとは思ってもみなかったのだろう。

その窃盗事件に関わったのは、真下と市毛の二人だけだ。鶴丸は実行犯ではない。とはいえ、その不祥事が表沙汰になれば、販売担当の統轄者は責任を問われることになる。役員のポストを失いたくなかったら、不始末を闇に葬《ほうむ》るしかない。鶴丸は自己保身から、宮園の口を封じる気になったと思われる。隠蔽《いんぺい》したつもりでいた秘密が現職警察官によって、暴《あば》かれそうになっている。鶴丸は、心理的に追い込まれているはずだ。

何かボロを出すかもしれない。不始末を起こしたのは市毛である。鶴丸は、市毛に尻拭いをさせるのではないか。

加納はそう推測し、市毛の動きを探《さぐ》ってみる気になったのだ。

鶴丸がすぐさまリアクションを起こすかどうかはわからない。それどころか、予想は外れるかもしれなかった。それでも、待つほかないだろう。

張り込みは、辛抱《しんぼう》強く待つことが何よりも大事だった。被疑者たちが動きだすのをひたすら待つ。焦《じ》れたら、マークした相手に張り込みを覚《さと》られてしまう。

刑事用携帯電話《ポリスモード》に着信があったのは、七時を回って間もなくだった。

加納はディスプレイを見た。発信者は副総監の堂陽太郎だった。

「少し前に三原刑事部長と一緒に夕食を摂《と》ったんだが、まだ捜査に大きな進展はないそうだね」

「ええ、そうなんですよ。本事案《ほんじあん》はもう少し時間がかかるかもしれません」

「いいさ。焦ることはない。立浪警視総監も、そうおっしゃってた。じっくり調べてくれないか」

「はい。捜査本部にも、新たな進展はないんですね？」

「三原刑事部長から、そういう報告を受けてる。捜査本部の捜査班の連中が堀越勇介の取材ノートやICレコーダーの預け先を重点的に探ったらしいんだが、依然として見つかってないそうだよ」

「そうですか」

「堀越が寄稿してた全雑誌の担当編集者に当たったそうなんだがね。それから、手がかりになるかどうかわからないが、本部事件の被害者は原稿にまとめられるかどうか自信のない取材対象やテーマについては、ライター仲間や雑誌編集者には喋ったりしなかったらしいんだ。複数の者が同じことを言ったという話だから、それは事実なんだろう」

「でしょうね。被害者《マルガイ》が取材中か取材し終えたテーマについ目を向けてしまいがちですが、中断した題材の対象者にも捜査の目を注ぐべきでした。取材メモのありかがわかれば、有力な手がかりになると思うんですが……」

「そうだろうね。しかし、急《せ》く必要はない。自分のペースで任務を遂行《すいこう》してくれないか」

「そうさせてもらいます」

加納はポリスモードの通話終了キーを押した。

刑事用携帯電話《ポリスモード》を懐に戻したとき、販売店の横から男が姿を見せた。加納は相手に近づいて、目を凝らした。市毛だった。市毛は数十メートル歩き、月極駐車場に入った。

加納はエンジンをかけた。だが、ランドローバーのライトは意図的《いとてき》に点けなかった。暗がりの中を低速で進み、月極駐車場に接近する。

待つほどもなく、月極駐車場から白いクラウンが走り出てきた。ステアリングを操《あやつ》っているのは市毛だった。

加納は一定の車間距離を保《たも》ちながら、市毛の車を尾《つ》けはじめた。

クラウンは住宅街を走り抜けると、環八《かんぱち》通りに出た。杉並方面に進み、中央自動車道の下《くだ》り線に乗り入れた。行き先は見当もつかなかった。

加納はランドローバーで、クラウンを追尾しつづけた。

やがて、市毛の車は上野原《うえのはら》ＩＣで一般道に下りた。上野原市の市街地を通過し、檜原村《ひのはらむら》方面に向かっている。

市毛は、鶴丸に呼び出されたのか。鶴丸は人里離れた場所で、市毛の命を奪うつもりなのだろうか。そうだとしたら、鶴丸は荒っぽい男たちを使って真下をどこかに監禁したとも考えられる。

クラウンは甲武《こうぶ》トンネルを潜《くぐ》り、檜原村に入った。まだ九時前だったが、車の量はきわめて少ない。いつしか家並《やなみ》も途切れていた。

加納は車の速度を落とした。尾行に気づかれる心配があったからだ。点のように小さくなったクラウンの尾灯《テールランプ》から目を離さなかった。

市毛の車は南秋川《みなみあきかわ》を越えると、左折した。民家は疎《まば》らだった。

加納は、さらに減速した。クラウンは数キロ先で、今度は右に曲がった。車間を縮めてあったので、尾灯は見えた。加納は追尾しつづけた。

クラウンが右折した脇道に入る。そのとき、市毛の車が山荘風の建物の車寄せに停まった。五、六十メートルしか離れていない。

加納はランドローバーを道の端に寄せた。

静かに運転席から出て、忍び足で別荘と思われる家屋《かおく》に近づく。アルペンロッジ風の造りで、二階建てだ。

電灯が点いている。敷地は三百坪ほどか。門柱はあるが、扉はない。丸太の柵《さく》で囲われ、庭には自然林が取り込まれている。

表札には、鶴丸と姓だけが掲《かか》げられていた。車寄せには、黒いレクサスも見える。鶴丸の車だろう。

別荘には防犯カメラは設置されていなかった。センサーも張り巡らされてはいないようだ。それでも、慎重に行動したほうがいいだろう。

加納は別荘の脇の林の中に分け入り、柵《さく》に沿って奥に進んだ。柵を跨《また》ぎ越え、敷地に侵入する。加納は樹木の背後に屈《かが》み込み、息を殺した。何事も起こらなかった。

加納は中腰で庭を横切り、サンデッキに忍び寄った。短い階段に身を伏せて、サンデッキの向こうの広いリビングを見る。

白いレースのカーテンでガラス戸は閉ざされていたが、厚手のドレープカーテンの片側は横に払われている。加納はサンデッキに這《は》い上がり、窓辺に近づいた。

レースのカーテン越しに大広間《サロン》のようなリビングを覗《のぞ》き込む。加納は声を上げそうになった。

なんと恵利香と真下が木製のロッキングチェアにロープで縛《しば》りつけられていた。

そのそばには、市毛が立っている。重厚なソファにゆったりと腰かけているのは、旭日新聞の鶴丸真だろう。

「鶴丸さん、この女が一億円の口止め料をせびろうとしたんですね？」

市毛がソファに坐った男に問いかけた。

「そうなんだ。夕刊紙の記者だったようだが、いまは女ブラックジャーナリストなんだろうな」

「ええ、強請屋なんでしょう。折り込み広告の件と宮園の死因のことは、どこで知ったんですかね」

「おおかた加納から、恐喝材料を提供してもらったんだろう」

「でも、あの男は警視庁の準キャリアだって話です。強請の片棒を担《かつ》ぐようなことはないでしょ？」

「それが、とんでもない準キャリアみたいだぞ。加納の代理人と称する男がわたしに電話してきて、市毛さんの録音音声をわたしに聴かせ、五千万円のお目こぼし料を要求してきたんだ。一日考えさせてくれと答えておいたが、もちろん脅迫に屈する気はない」

「しかし、わたしは加納かもしれない男に裸絞めをかけられて……」

「まさか市毛さんが口を割るとは思わなかった。失望したね。わたしは、あなたのために堺《さかい》と自称してる始末屋に五百万を渡して、宮園を筋弛緩剤で薬殺してもらったんだ。それだけじゃない。内科医の尾形を威《おど》し、偽の死亡診断書を出させた。本来、どっちも市毛さんがやらなきゃならないことでしょ？」

「フィリピンのミンダナオ島に潜伏してる堺が逮捕されたら、わたしは殺人教唆罪《きょうさ》で起訴されるだろう」

「ええ、まあ」

「鶴丸さん、そんなことにはなりませんよ。自称堺圭輔《けいすけ》は過去に三人も殺して国外逃亡に成功し、一度も捕まってないんですから。そのつど、密航ビジネス組織の手は借りてますがね」

「いや、安心はできないな。だいたい市毛さん、あんたが悪いんだ。真下に宮園の店から大量に折り込み広告を盗み出させたりしたから、堺に殺人依頼をすることになってしまったんだよ。はっきり言って、大迷惑だね」

「鶴丸さんには本当にご迷惑をおかけしました」

「本当にそう思ってるんだったら、自分でも汚れ役を引き受けてほしいな」

「それ、どういう意味なんです？」

市毛が訊《たず》ねた。

「こんなことになったのは、あんたのせいなんだ。わたしが逮捕されないよう、ちゃんと手を打ってくれってことですよ」

「わたしに、この二人を殺せって言うんですか⁉　わたしには人殺しなんかできない」

「あんたが二人を始末しなかったら、わたしは警察に出頭する。それで、市毛さんに泣きつかれて裏社会の人間に殺し屋の堺を紹介してもらったことを喋るよ。そうなったら、あんたも捕まる。それでも、いいのかな」

「それは何とか避けたい。でも、真下たち二人をどうやって片づければいいんですか？ 殺し方がわかりません」

「簡単なことでしょ？ 二人はロッキングチェアに括《くく》られて身動きできないんだ。ベルトを外して、二人の首を両手で絞め上げりゃいいんですよ」

「そうか、そうですね」

「早く二人を始末してほしいな」

鶴丸が急《せ》かす。市毛が自分の革ベルトを外し、真下の背後に回った。

「親父さん、正気なの!? おれは親父さんの力になりたくて、宮園の店に十何回も忍び込んで折り込み広告をたくさん盗み出したんだ。なのに、ちゃんと報酬を払ってくれなかった。先にくれた二百万もチンピラどもに回収させた。その上、おれを殺すのかっ。あんたは人間じゃない！」

「真下、勘弁してくれ」

「わたしたち二人を殺しても、あんたたちはいずれ逮捕されるわ」

恵利香が鶴丸に顔を向けた。

「なぜだ？」

「わたしの知り合いが何もかも調べ上げて、もう立件材料を揃えてあるのよ。その彼は、警視庁の警視なの」

「おまえの知り合いは加納卓也だな？」

「ううん、違う男性よ」

「なら、加納の代理人と称して五千万円のお目こぼし料を要求してきた奴なんだな？」

「想像に任せるわ。とにかく、わたしたち二人を殺しても無駄よ。わたし、あんたに雇われた拉致犯の男たちのことも知り合いの刑事にスマホでこっそり教えたの。だから、あんたたちは検挙《アゲ》られるわね」

「市毛さん、早く二人を片づけてくれ。二人が死んだら、わたしは灯油を撒《ま》いて火を点けるよ。二人が炭化したら、絞殺痕はわからないはずだ」

「首の骨が折れてたら、犯行はバレるわ」

恵利香が鶴丸に言った。

「なら、硫酸クロムで骨ごと溶かしてやる」

「あんた、新聞社の重役なんでしょ？　割に合う犯罪なんてないことはわかってるでしょうが！　頭を冷やしなさいよ」

「ご忠告、ありがとう」

鶴丸が薄笑いを浮かべて、市毛を促《うなが》した。

市毛がベルトを真下の首に掛け、両端を引き絞りはじめた。加納は少し退《さ》がって、ガラス戸を蹴破った。

狙いを定めたのは内錠の近くだった。ガラスの破片が四散した。加納は内錠を外し、戸を横に払った。グロック32を手にして、リビングに躍《おど》り込む。

市毛がロッキングチェアから離れた。鶴丸がソファから立ち上がって、玄関ホールに向かった。逃げる気らしい。

「二人とも床に腹這《は》いになれ！　言われた通りにしないと、容赦なく撃つぞ」

加納はグロック32の安全装置を解除した。

鶴丸と市毛が顔を見合わせてから、床に這った。加納は高性能拳銃を左手に持ち替え、真っ先に恵利香の縛《いまし》めを解いた。恵利香がロッキングチェアから立ち上がる。

「ありがとう。どうしてあなたがここに⁉」

「話は後だ。一億円、毟《むし》り損《そこ》なったな。おれを恨まないでくれ」

加納は女強請屋に言って、真下のロープを緩《ゆる》めはじめた。

3

不意を衝《つ》かれた。

強烈な肘打《ひじう》ちだった。加納は肝臓《レバー》に痛みを覚えた。真下がロッキングチェアから立ち上がるなり、エルボーを放ったのだ。

加納は呻いただけで、倒れなかった。グロック32の銃把《グリップ》の底で真下のこめかみを撲《う》つ。

真下が横に倒れ、体を丸めた。

「どういうつもりなんだっ」

加納は真下を詰《なじ》った。

「危ないところを救《たす》けてもらったんだけど、おれ、捕まりたくなかったんだよ。折り込み広告をたくさん盗み出したし、水上温泉で騒ぎを起こしたからね。実刑を喰《く》らうと思ったんで、とにかく逃げなきゃと思ったんだ」

「そっちには証人になってもらわなきゃならない。おとなしくしてろ。また逃げようとしたら、どっちかの脚《あし》を撃つぞ」

「もう逃げないよ」

真下が溜息混《ま》じりに言った。

その直後、鶴丸が上体を起こした。

「おい、勝手に動くな。腹這いになってろ」

「加納の代理人なんか実在しない。一昨日、調査会社の調査員が盗み撮りした写真は横向きだったんで、うっかり騙《だま》されるところだった。きみが加納卓也なんだろ？　録音された音声は、きみの声に間違いない。きみは何か口に含んで、わたしに電話をかけてきた。加納の代理人と称してな」

「そうだったとしたら、なんだと言うんだ？」

加納は訊いた。

「はっきり言おう。きみは準キャリアだが、いつまでも警察にいる気はないんだろう？　法を破った人間から、お目こぼし料をせしめる気でいるんだよな。それなら、話は早い。わたしは、きみに二千万円を払おう」

「それで、堺という殺し屋《プロ》に宮園幹雄を始末させたことを見逃してくれってわけか」

「そうだ。二千万では不満なら、あと五百万円プラスしよう。市毛さんからも二千五百万を貰って、真下に数千万円を用意させればいい。そうすれば、退職しても数年は遊んで暮らせるだろう。所得税も住民税も払わなくていい臨時収入を得られるわけだから、悪くない話だと思うが……」

「見くびるな。金は嫌いじゃないが、そこまで堕落してないっ」

「わかったよ。自宅を売却して、五千万円を調達する。市毛さんの自宅も処分させればいい」

「鶴丸さん、ちょっと待ってくださいよ」

市毛が床に這ったまま、悲痛な声を出した。

「刑務所に送られてもいいの、市毛さんは?」

「わたしは、真下に宮園の店から折り込み広告を勝手に持ち出させただけです。有罪判決が下《くだ》っても、執行猶予が付くでしょう」

「市毛さん、狡《ずる》いぞ。あんたはわたしに泣きついてきて、宮園を亡き者にしてくれる実行犯を見つけてほしいと頼み込んだでしょうが! それだから、わたしは暴力団幹部に堺圭輔を紹介してもらったんだ」

「刑事告訴する構えだった宮園のことは、鶴丸さんも葬りたかったはずです。折り込み広告の件が表沙汰になったら、あなたは旭日新聞の重役でいられなくなりますからね」

「われわれは共犯関係にあるんだ。市毛さんも同罪ですよ。逮捕されたら、もはや身の破滅でしょ? 自宅を手放したくないという気持ちはわかるが、そんなことを言ってる場合ではありません。そうでしょ？」

「そうか、そうですね。わかりました。店舗は売りませんが、自宅は手放すことにしますよ」

「そうすべきだな」

「おれは、あんたたちと裏取引する気なんかない」

加納は鶴丸に告げた。

「しかし、きみは加納の代理人になりすまして、わたしにお目こぼし料を出せと……」

「あれは、事件の手がかりを得るための罠だったんだ」

「そうだったのか。わたしたちを地元署に引き渡す気なんだな？」

「いや、先に新宿署の捜査本部に三人の身柄を引き渡す。十一月二日に発生したノンフィクション・ライター殺しには関与してないようだが、念のために捜査一課の人間に調べてもらう」

「わたしたちは、その事件には関わってないよ。宮園の件にしか絡んでないんだから、板橋の所轄署に連行するのが筋だと思うがね」

「新宿署から、いずれ板橋の所轄署に三人とも移送されることになるだろう」

「なんてことなんだ。わたしの人生は、もう終わりだ」

鶴丸が腹這いになって、拳《こぶし》で床板を叩きはじめた。

かたわらの市毛は、声を殺して泣いていた。真下は何か意味不明の言葉を口走った。

加納はグロック32をホルスターに戻し、居間の隅まで歩いた。

三原刑事部長のポリスモードを鳴らし、経過を詳しく伝える。恵利香が鶴丸に雇われた男たちに拉致されたことは話さなかった。

話したら、当然、彼女は恐喝未遂で調べられることになる。鶴丸は恵利香に強請《ゆす》られて、彼女を別荘に監禁したことを自供しないだろう。そうしたら、罪名が増えることになる。

「副総監直属の別働隊をただちに鶴丸の別荘に向かわせる。鶴丸たち三人の身柄《ガラ》を引き渡したら、加納君は先に帰宅してくれ」

「了解です」

加納は電話を切ると、恵利香を手招きした。

恵利香が歩み寄ってくる。二人は向かい合った。

「わたしも、恐喝未遂で逮捕されちゃうのね」

「何か危《ヤバ》いことをやったのか？」

加納は、にやついた。

「わかってるくせに。さっき一億円を毟《むし》り損なったなと言ってたじゃないの」

「おれ、そんなことを言った覚えはない」

「加納さん……」

「何だよ、しおらしい顔をして」

「見逃してくれるのね」

「恐喝未遂で捕まえても、それほど点数は稼げない。面倒臭いことはしたくないだけだよ。それに、鶴丸が進んで、そっちに強請られたことを取調室で喋るわけない」

「そうかしら？」

恵利香が小首を傾《かし》げた。

「もし喋ったとしても、そっちはシラを切り通せばいいんだ。そうすりゃ、起訴はされないだろう」

「なんで見逃してくれる気になったの？」

「そっちは鶴丸に雇われた奴らに拉致されて、市毛に絞め殺されそうになったんだ。それに、やらなきゃならないことがあるじゃないか。悪いことをしてる連中から多額の口止め料を脅し獲《と》って、有意義に遣《つか》ってくれ」

「そんなにわたしのことを気にかけてくれると、加納さんに惚れちゃうかもしれないわよ。嘘、嘘だからね。真《ま》に受けないで」

「冗談はいいから、そっちを拉致した男たちのことを教えてくれよ」

「二人とも、二十四、五のチンピラっぽい奴だったわ。わたしが自宅マンションを出て地下鉄の駅に向かってたら、片方の男がアーミーナイフを突きつけて白いアルファードの後部座席に押し込んだの。やくざじゃないと思うわ。敵は、いつわたしのことを知ったのかしら？　それが謎ね」

「おそらく鶴丸たちは、おれの交友関係を調査会社に調べさせたんだろう。そして、そっちのことを知ったんだと思うな。それでチンピラたちに何か特徴は？　鶴丸はそいつらのことを警察では喋らないだろうから、おれが二人組を見つけ出して、少し痛めつけてやるよ」

「いいわよ、そこまでしてくれなくても。別に変なことをされたわけじゃないから。ここに連れ込まれて、ロッキングチェアに縛りつけられただけだもの」

「しかし、怖い思いをさせられたわけだから、少しは懲《こ》らしめてやらないとな」

「いいって、本当に。いまの仕事をするようになってからは、何度か拉致されてるんで……」

「それほど恐怖と不安は感じなかった？」

「ええ、そうね。だから、あのチンピラどもは捜さなくてもいいわ」

「そうか。そっちがこの別荘に連れ込まれたとき、もう鶴丸はいたのか？」

加納は問いかけた。

「いなかったわ。真下という男はロッキングチェアに括《くく》られてた。二人組はわたしを縛りつけると、何も言わずに出ていったわ。それから間もなく、鶴丸が車でやってきたの。そして、その後に市毛が到着したのよ」

「そうか。一時間数十分後に本庁の捜査員たちが鶴丸たち三人の身柄を引き取りにくることになったんだ。そっちは一時間ぐらい経《た》ったら、おれのランドローバーの助手席で待っててくれ。三人の身柄を引き渡したら、広尾の自宅まで送るよ」

「それじゃ、悪いわ。わたし、民家のある場所まで歩いて、そのあたりで無線タクシーを呼ぶわよ」

「山の中の夜道を歩くのは危険だ。とにかく、車の中で待っててくれ」

「加納さんにすっかり迷惑かけちゃったわね。命まで救《たす》けてもらった上に自宅まで車で送ってもらったら、罰《ばち》が当たるわ」

「何を言ってるんだ。そうしてくれないか」

「はい。よろしくお願いします」

恵利香が改まった口調で言い、頭を深く下げた。加納は彼女を先にソファに坐らせ、自分も近くに腰かけた。

「ずっと腹這いになってると、胸苦《むなぐる》しくなるんだ。逃げたりしないから、胡坐《あぐら》をかかせてくれないか」

鶴丸が加納に訴えた。加納は取り合わなかった。

居間は重苦しい沈黙に支配された。時間の流れが妙に遅く感じられた。

やがて、一時間が過ぎた。加納はランドローバーを駐めた場所を教えてから、恵利香に鍵を渡した。

「できたら、おれの車を目立たない場所に移動させといてくれないか。捜査員たちがそっちに気づいたら、職務質問されるだろうからな」

「わかったわ」

恵利香が広い居間から玄関ホールに移り、鶴丸の別荘から出ていった。加納はラークを喫《す》いながら、別働隊の到着を待った。

副総監直属の特務班のメンバーは十一人いるが、駆けつけたのは六人だった。いずれもノンキャリアだが、職階は警部ばかりだ。二十代と三十代前半と若いが、揃って現場捜査を数多く踏んできた。

加納はリーダー格の別働隊員に経緯を語り、鶴丸、市毛、真下の三人の身柄を引き渡した。むろん、恵利香のことは口にしなかった。

「後処理をよろしく！」

加納は居間からサンデッキに出て、建物の前に回り込んだ。

午後十一時半近かった。加納は別荘を後《あと》にして、暗い夜道を百メートルほど歩いた。

ランドローバーは、駐めた場所から五十メートルあまり離れた暗がりに寄せられていた。運転席のドアが細く開けられた。

「加納さんは疲れてるだろうから、わたしが運転するわ」

「それほど疲れてないよ」

「わたしにハンドルを握らせて。加納さんは助手席に坐ってくれない？」

「大丈夫か？」

「安全運転を心掛けるわ」

「それじゃ、任せるか」

加納は助手席に腰を沈めた。恵利香が穏《おだ》やかに車を走らせはじめた。ハンドル捌《さば》きは鮮やかだった。

檜原村から上野原市を抜ける。上野原ＩＣから中央自動車道の上《のぼ》り線に入った。

「加納さん、眠ってもいいわよ」

「そうか」

加納は瞼《まぶた》を閉じ、シートに凭《もた》れた。エンジン音を聞いているうちに、うつらうつらしはじめた。

それから、どれほど経《た》ったのか。

急にランドローバーが停止した。加納は目を開けた。八王子料金所だった。

「おい、まだ八王子だぞ」

「わかってるわ。わたし、加納さんを利用して新聞拡販競争を巡る殺人事件の確証を得て鶴丸を強請る気じゃなかったのよ。本当に堀越さんが取材してるって情報をキャッチしたの。結果的には、あなたをうまく使って恐喝材料を手に入れた形になってしまったけどね」

「そのことは、もういいんだ。たとえ上手に利用されたんだとしても、そっちは我欲で恐喝《カツアゲ》をしてるんじゃないみたいだからな。それより、なぜ八王子ＩＣで降りたんだ？」

「わたし、他人《ひと》に借りを作りたくないのよ」

「言ってる意味がよくわからないな。どういうことなんだ？」

「もう何も訊《き》かないで」

恵利香は料金所を通過すると、国道一六号線に乗り入れた。沿道には派手な造りのファッションホテルやモーテルが飛び飛びに並んでいる。

「まさか安っぽいことを考えてるんじゃないだろうな。体で借りを返したいなんて言うなよ。だいたいおれは、そっちに貸しがあるなんて思ってない」

「加納さんはそうでも、わたしのほうは借りがあると感じたの」

「車を八王子ＩＣに戻してくれ」

加納は言った。だが、恵利香は口を結んだままだった。

ほどなく車はモーテルに乗りつけられた。

長屋風の造りで、一階は車庫になっている。恵利香は、ランドローバーを右端の車庫に入れた。すぐにシャッターが自動的に閉まった。

右手に鉄骨階段があり、階上がベッドルームになっているようだ。恵利香がライトを消し、エンジンを切った。

「運転、代わろう」

加納はシートベルトを外した。

数秒後、恵利香が加納の首に両手を巻きつけた。ほとんど同時に、加納は唇を塞《ふさ》がれていた。恵利香に救いの手を差し伸べたという意識はなかった。しかし、女性に恥をかかせてもいけない。据え膳を喰う気になった。

加納は、恵利香の形のいい唇をついばみはじめた。二人はバードキスを交わし、舌を絡め合った。ひとしきり濃厚なくちづけを交わしてから、顔を離した。

車庫の上の寝室に上がり、二人はひしと抱き合った。唇を貪《むさぼ》り合いながら、互いの体を愛撫する。戯《たわむ》れ合ってから、加納と恵利香は立ったまま衣服を脱がせ合った。恵利香の裸身は熟《う》れていた。

乳房はたわわに実り、ウエストのくびれが深い。腰の曲線が美しかった。ほどよく肉の付いた白い腿《もも》は悩ましい。

二人はシャワーを浴びると、ダブルベッドで胸を重ねた。

加納はディープキスを繰り返しながら、柔肌を愛撫しはじめた。

すでに恵利香の体は開発されていた。反応は鋭かった。それでいて、過去の男たちの影は少しも感じさせない。

二人は前戯に時間をかけてから、体を繋《つな》いだ。正常位だった。

加納は七回ほど浅く突き、一気にペニスを深く埋めた。そのリズムパターンを保《たも》ちながら、後退するときは必ず腰に捻《ひね》りを加えた。亀頭の縁《ふち》で、とば口の襞を擦るたびに恵利香は啜《すす》り泣くような声を発した。煽情的《せんじょうてき》な声だった。

いつしか恵利香は、控え目ながらも迎え腰を使うようになっていた。その動きには変化があった。

加納は幾度か体位《ラーゲ》を変えるつもりでいた。

だが、そうするだけの余裕はなかった。そのままゴールに向かう。二人は、ほぼ同時に沸点に達した。射精感は鋭かった。

加納の昂《たか》まりは、きつく締めつけられていた。性器はしばらく萎《な》えそうもなかった。

「加納さん、ありがとう。最高に素敵な一刻《ひととき》だったわ。借りを返すつもりだったのに、新たに借りを作っちゃった感じ」

「おれも礼を言いたいよ」

「こういうことになったけど、わたしを自分の女だなんて思わないでね。男と女が弾みでセックスをした。そういうことなんだから」

「わかってる」

「かわいげのない女よね、わたしって」

「そんなことはないさ。いい女だよ」

加納は結合したまま、恵利香の唇を吸った。

煙の輪が天井で崩れた。

4

加納はベッドに仰向けになって、すぼめた口から煙草の煙を吹き上げていた。自宅の寝室だ。正午を過ぎている。

八王子のモーテルを出たのは明け方だった。加納と恵利香は別々にシャワーを浴び、仮眠をとった。しかし、どちらも熟睡はできなかった。

ごく自然に二人はふたたび求め合った。二度目の情事は狂おしかった。

恵利香はたてつづけに三度も頂《いただき》に駆け上がり、しどけなく乱れた。大胆に痴態《ちたい》を晒《さら》し、加納の体を貪《むさぼ》り尽くした。加納も獣になった。

二人は余韻《よいん》を味わってから、モーテルを出た。加納は車で恵利香を広尾のマンションに送り届け、用賀の自宅に戻った。

すぐにベッドに横たわったが、なかなか寝つけなかった。痴戯の情景が脳裏に蘇《よみがえ》り、眠気を遠ざけたのである。

肌を重ねたとたん、妙にべたつく女性が多い。

しかし、恵利香はそうした様子はまったく見せなかった。交わったことは幻だったのか。そんなふうに思えるほど接し方に変化はなかった。そのことが新鮮だった。

といっても、加納は恵利香を独占したいという気持ちにはならなかった。どこか捉《とら》えどころのない魅力的な女性とは、一定の距離を置いておいたほうがいい。深くのめり込むと、そのうち飽《あ》きてしまうものだ。

加納は喫《す》いさしのラークをサイドテーブルの上の灰皿の中に捨て、ベッドから離れた。洗顔を済ませ、コーヒーを淹《い》れる。寝不足のせいか、食欲はなかった。

リビングソファに坐り、マグカップを口に運びはじめる。マグカップが空になったとき、三原刑事部長から電話がかかってきた。

「市毛、鶴丸、真下の三人の取り調べが少し前に終わったという報告があったよ。やはり、三人は捜査本部事件ではシロだった」

「そうですか。堀越勇介の死だけではなく、身替り出頭したと思われる清水秀一の溺死事件にも関わりがなかったんですね？」

加納は確かめた。

「ああ、それは間違いないらしい。市毛たち三人の身柄は間もなく板橋の所轄署に移送するということだったよ」

「そうですか。鶴丸に脅迫されて偽の死亡診断書を認めた内科医の尾形も、任意同行されますね。宮園を薬殺してフィリピンに潜伏してる殺し屋の国際指名手配はすでに……」

「いや、これからだそうだ。そう遠くないうちに実行犯も逮捕されるだろう。新聞拡販競争を巡る殺人事件は近く落着するだろうが、捜査本部事件はもう少し時間がかかりそうだな」

「とんだ回り道をしてしまいましたが、堀越勇介と清水秀一を殺《や》った犯人《ホシ》は必ず割り出します。もうしばらく時間を与えてください」

「特捜指令が下《くだ》ったのは、ほんの数日前なんだ。迷走させられ通しだったわけじゃないんだから、あまり焦ることはない。いつも通りに動いてくれれば、真犯人《ホンボシ》にたどり着けるだろう。加納君、自信を失うなよ」

三原が先に電話を切った。

加納はソファから立ち上がり、寝室に歩《ほ》を運んだ。キャビネットから捜査資料のファイルを取り出し、居間に戻る。加納はファイルの間に挟まれた鑑識写真を手に取って、一葉《いちよう》ずつ見た。死体写真を眺めていると、改めて加害者に対する憤《いきどお》りが胸に拡《ひろ》がった。

加納は、何度も読んだ事件調書にまたもや目を通しはじめた。重要な記述は見落としていなかった。

完全犯罪はめったに成立するものではない。どこかに捜査の盲点があるのではないか。加納は思考を巡らせた。だが、どこに緒《いとぐち》があるのかわからなかった。

加納は私物のスマートフォンを使って、捜査一課の係長時代から接触していた業界紙ゴロ、経済やくざ、飲食店経営者、風俗店オーナー、ホステスなどに次々に電話をかけた。それぞれがネットワークを持ち、暗黒社会の動きには精《くわ》しい。

経済やくざから、気になる情報を得ることができた。刺殺された堀越は十月の中旬ごろ、裏社会の人間に片っ端から声をかけて筋弛緩剤ミオブロックがどこかで手に入らないかと訊《き》いていたらしい。

殺害された堀越は、読毎日報板橋販売店店主の宮園が薬殺されたことを調べ上げていたのか。そうだとしたら、被害者は旭日新聞板橋販売店店主の市毛の周辺を嗅ぎ回っていたはずだ。

市毛たちは、そういう気配はうかがえなかったと口を揃えた。堀越は新聞拡販競争を巡る闇を取材して、宮園が急死したことに何か裏があると感じ取ったのか。

そして、宮園が何者かに薬殺されたと推測したのだろうか。その犯行にはミオブロックが使われたと睨み、闇ルートから買い手を見つけようとしたのかもしれない。

しかし、堀越は筋弛緩剤の密売ルートを突きとめることができなかった。そんなことで、宮園の死の真相に迫れなくなり、取材を断念したとも思われる。

六本木のキャバクラ経営者からも、手がかりになる情報を得られた。何人かのフリーライターが、年々、凶暴化している半グレ集団『東京シンジケート』の動きを探《さぐ》っているという。ただ、堀越が取材していたかどうかはわからないそうだ。

『東京シンジケート』は、世田谷区と杉並区で幅を利かせていた暴走族チームが母体になった不良グループだ。

やくざではないが、アナーキーな犯罪を重ねている。六本木界隈で飲食店を経営している幹部が多く、その一帯で暴れ回っていた。地元を仕切っている暴力団と揉めても、決して引き下がらない。

若い組員たちは『東京シンジケート』のメンバーを見かけると、慌《あわ》てて裏通りに逃げ込む。半グレ集団は、やくざも恐れていない。

キャバクラ経営者の話だと、一年ほど前から『東京シンジケート』は各界の著名人の子女や孫を麻薬とセックスの虜《とりこ》にして、親や祖父母から巧妙な形で甘い汁を吸い尽くしているらしい。

半グレ集団は、スキャンダルの主の父母や祖父母から決して金は強請らないという。株や不動産を超安値で譲り受け、転売で荒稼ぎしているそうだ。半グレ集団のメンバーは百人足らずだが、ダーティー・ビジネスで軍資金を調達して勢力を拡大する気でいるのか。

堀越が『東京シンジケート』の狡猾《こうかつ》な恐喝を取材していたとすれば、半グレ集団に命を奪われたのかもしれない。高浜運河で溺死した清水秀一も、半グレ集団に始末された疑いがある。

加納は三原刑事部長に電話をして、『東京シンジケート』に関する情報を自分のパソコンに送信してくれるよう頼んだ。十数分後、情報が送られてきた。

半グレ集団のボスは笛木《ふえき》豪《すぐる》という名で、三十五歳だった。写真も送信されてきた。優《やさ》男《おとこ》っぽい顔立ちだが、恐喝と傷害の前科があった。根は凶暴なのだろう。

現在は鳥居坂《とりいざか》の高級賃貸マンションに住み、赤坂、六本木、西麻布で三軒のダイニングバーを経営している。独身だが、女性関係は派手なようだ。

笛木は知人名義で、俳優座の近くでＤＪのいるクラブも開いている。国会議員、財界人、ベンチャー起業家、芸能人、プロスポーツ選手の子女や孫をＶＩＰ待遇にして、各種の麻薬やベッドパートナーを無料で提供しているらしい。そのスキャンダラスな動画を配下の者たちに隠し撮りさせ、恐喝材料にしているようだ。

しかし、餌食《えじき》にされた男女の両親や祖父母から口止め料を脅し取っているわけではない。有価証券や不動産を格安で譲り受けているだけだった。被害者たちは、まず事実を認めないだろう。転売で大きな利鞘を得ていることはわかっていても、恐喝容疑で笛木を逮捕するには時間がかかりそうだ。本庁組織犯罪対策部は歯噛みしているにちがいない。

笛木は人を束《たば》ねる能力があるようだ。『東京シンジケート』の幹部たちは、それぞれ自分で事業を展開していた。しかし、下っ端のメンバーは飲食店、自動車修理工場、クラブなどで働いている。ヒモに近いメンバーもいるらしい。

笛木は経済的に余裕のない手下には定期的に小遣いを渡し、自分のダイニングバーでは只《ただ》で飲み喰いさせているようだ。そうした貸しを作っておいて、配下たちを服従させているのだろう。

加納は夕方になったら、笛木が手がけているダイニングバーに行ってクレーマーを演じることにした。オーダーした料理に画鋲《がびょう》が入っていたと文句をつけ、まず店長を呼びつける。当然、店長は謝罪するだろう。

加納は店長の詫び方に誠意が感じられないと難癖をつけ、オーナーの笛木を呼びつける段取りまで考えていた。笛木に鎌をかけ、堀越が半グレ集団の巧みな恐喝を調べてたかどうか探りを入れてみるつもりだ。

加納は外出する前に、ひと眠りする気になった。寝室に移り、衣服を着たままで毛布と羽毛蒲団を引っ被る。五分も経たないうちに寝入った。

救急車のサイレンで目覚めたのは、午後五時半過ぎだった。窓の外は暗かった。

加納は家のすべての窓をシャッターやカーテンで閉ざし、キッチンに立った。さすがに腹が空いてきた。

冷凍海老ピラフを油で炒め、フルーツトマトと缶詰めのホワイトアスパラを大皿に添えた。コーンポタージュも用意する。

加納はダイニングテーブルについて、きょう最初の食事を摂《と》りはじめた。栄養の偏《かたよ》りが少し気になったが、とりあえず空腹感をなだめたかった。

加納は海老ピラフを掻き込んだ。フルーツトマトとホワイトアスパラを口の中に入れ、コーンポタージュで胃に流し込む。食事に要した時間は五分足らずだった。もともと早喰いだ。

加納は口許をペーパーナプキンで拭って、ラークをくわえた。

二口《ふたくち》ほど喫《す》ったとき、インターフォンが鳴った。加納は煙草の火を揉み消し、居間に走った。壁の受話器を取ると、モニターに来訪者が映し出された。

あろうことか、野口恵利香だった。八王子のモーテルではさばけたことを言っていたが、肌を重ねたことで感情に変化が生まれたのだろうか。

「珍客だな」

「自宅にいたのね。三時から四時の間に加納さんのスマホに五回ほど電話したんだけど、コールバックがないんで、ちょっと心配になったの」

「昼寝してて、電話があったことに気がつかなかったんだ。悪かったな。門の扉は一年中、ロックしてないんだ。ポーチまで入ってくれないか。いま、玄関のドアを開けるよ」

「それじゃ、ちょっとだけお邪魔するわね」

恵利香の声が熄《や》んだ。加納はインターフォンの受話器をフックに掛け、居間から玄関ホールに出た。

玄関ドアを押し開けると、黒いダウンパーカを羽織《はお》った恵利香が立っていた。

「立派なお邸《やしき》に住んでるのね」

「おれの才覚で建てた家じゃないんだ。祖父母の住まいを相続したんだよ」

「そうなの。独り住まいじゃ、もったいない感じね」

「なんだったら、広尾のマンションを引き払って引っ越してくるか？」

「彼氏気取りにならないでって、わたし、言ったはずだけどな」

「冗談だよ」

「そうよね。これ、差し入れ！」

「気を遣わないでくれって」

「きのう、いろいろと世話になったんで、ロマネ・コンティを……」

「そんな高い物を買ってきたのか⁉」

「嘘よ。手土産《てみやげ》は安いワインなの」

「なら、貰っておこう」

加納は手土産を受け取り、恵利香を居間に請《しょう》じ入れた。コーヒーを淹れ、恵利香の前に坐る。

「午前中から堀越勇介さんに関する情報を集めてみたの。その結果ね、堀越さんが半グレ集団の『東京シンジケート』のことを調べてた事実がわかったのよ」

「その集団のことは、おれもある人物から昼寝する前に聞いた。半グレ集団は各界の著名人の子供や孫をドラッグとセックスの虜にして、そいつらの親や祖父母から有価証券や不動産を安く手に入れ、転売で大きな利鞘を得てるって話だったな」

「ええ、わたしが知り合いのブラックジャーナリストから得た情報も同じよ。『東京シンジケート』の首領《ドン》の笛木豪は、神戸連合会に関東の縄張りを荒らされても、真っ向勝負できない首都圏のやくざは腰抜けだと嘲笑してるそうよ。ナイジェリアやガーナ出身の不良アフリカ人グループから麻薬を仕入れはじめてるみたいなの。関東やくざの御三家をぶっ潰して、将来は『東京シンジケート』が首都圏の闇社会を支配する気でいるんじゃない？」

「狂犬集団と呼ばれてる半グレたちがどんなに気勢をあげても、住川会《すみかわかい》、稲森会《いなもりかい》、極友会《きょくゆうかい》の御三家の構成員を併《あわ》せれば、二万三、四千人になる。中小の組織も御三家に加担したら、『東京シンジケート』は四万人前後を敵に回すことになる」

「百人にも満たない半グレ集団単独では、関東やくざに太刀打ちできないでしょうね。でも、ニュータイプの犯罪組織と手を組めば、神戸連合会に押され気味の関東やくざの御三家の縄張りを乗っ取ることは可能なんじゃないのかな。いただきます」

恵利香がコーヒーカップを口に運んだ。ブラックのまま、コーヒーを口に含む。

「確かに関東のやくざは、西の最大勢力が首都圏に五十近い下部組織の組事務所《エダ》を構えても黙認してる。それは東西の紳士協定で禁じられてるんだが、関東勢は関西の極道たちを排除はしてない。血気盛んな若手組員が西から進出してきた奴らと小競《こぜ》り合いはしてるが、血の抗争にエスカレートする様子はないよな」

「ええ、そうね。神戸連合会とまともにぶつかったら、関東勢は壊滅状態になると思うの。最大組織は分裂騒ぎで少し弱体化したとはいえ、まだ絶大な力を持ってるわ。御三家は関西勢の掟《おきて》破りを苦々しく感じてるんでしょうけど、組織を潰されたくない。それだから、じっと耐えてるんじゃないの？」

「そうなんだろうな」

「東のやくざがそこまで弱腰になってるんだったら、首都圏の縄張りを奪うことはできるんじゃないかしら？」

「半グレの連中は、やくざみたいに捨て身では生きてないだろう。そんな大胆な野望は抱かないと思うよ」

「半グレといっても、そのへんの不良少年たちじゃないわ。組員ではないけど、凶悪な犯罪を平気で重ねてる。無法者というか、ならず者よね。そういった各種の新犯罪者グループが団結すれば、おとなしくなった関東やくざをやっつけることはできるんじゃない？」

「そうだろうか」

「わたしが入手した情報によると、『東京シンジケート』のボスの笛木は『遊牧民《ノマド》の会』とどうも接触してるみたいなの」

「その『遊牧民《ノマド》の会』というのは？」

「犯罪に関することなら、何もかも把握してると思ってたけど、まだ加納さんは知らなかったか。ちょっぴり優越感を覚えちゃうな」

「嬉しそうな顔してないで、『遊牧民《ノマド》の会』のことを教えてくれよ」

加納は微苦笑して、説明を求めた。

「要するに、頭脳犯罪者集団ね。『遊牧民《ノマド》の会』のメンバーは約五十人なんだけど、全員が大学院で修士号か博士号を取得してるの。その大半が研究者か学者になりたかったようだけど、その道は険《けわ》しいでしょ？」

「そうなんだってな。助手や講師になれる者は三分の一以下で、ほかの者は不本意な条件で民間会社に就職してるらしい」

「ええ。ただの大卒よりも二歳から四、五歳年上なんだけど、まだ研究者や学者でもないわけよね。だから、多くの採用先は学士と同じ給与でしか雇ってくれないんだって。しかも普通の大卒と違って本格的な就職活動はしてないし、世事に疎《うと》いんで、すぐには戦力にならないみたいなのよ」

「だろうな」

「修士や博士は使えないってことで、陽《ひ》の当たらない部署に飛ばされたり、単純な業務しか任せてもらえない者もいるらしいわ。マイナー扱いされて自尊心が傷つき、精神のバランスを崩すケースも少なくないみたいよ」

「研究者や学者をめざす連中は、もともと世渡りが下手なんじゃないか。だから、勤め人になるコースを選ばなかったんだろう」

「多分、そうなんでしょうね。『遊牧民《ノマド》の会』のボスの高杉《たかすぎ》亮太《りようた》も出身大学の非常勤講師にしかなれなかったんで、学者になる夢を捨てて雑多なバイトで細々と三十四まで暮らしてたみたい。さんざん屈辱的な思いをしたようで、自分と同じように挫折した仲間たちにアナーキーに生きようと呼びかけて……」

「『遊牧民《ノマド》の会』を結成したわけか」

「そうなんだって。インテリ連中だから、荒っぽい悪事はしてないの。大企業のコンピューターにウイルスを撒いておきながら、善玉ハッカーの振りをしてセキュリティーのノウハウを高額で売りつけてるみたいよ」

「要するに、マッチ・ポンプ屋だな」

「そうね。高杉たちはフィリピンやコスタリカの合法カジノを生中継して、客に賭博《とばく》をさせる〝インターネット・カジノ〟で荒稼ぎしてるというの。もちろん日本では違法なんだけど、胴元は海外にいるわけでしょ？」

「それで、摘発を免れてるのか。なかなか悪賢《わるがしこ》いな」

「高杉はメンバーに手形による商品詐欺、中小企業が活用できる助成金の不正受給、傷害保険・旅行盗難保険詐欺をさせて、儲けの二割を上納させてるらしいの」

「そうなのか」

「高杉は知能犯罪だけでは旨味がないとわかったんで、半グレ集団と結託して手っ取り早く大金を握りたいと考えてるのかもしれないわよ。さらに、あわよくば、笛木と一緒に首都圏の暗黒地図を塗り替えたいと企《たくら》んでるんじゃない？　関東やくざを潰せば、闇ビジネスはやりたい放題でしょ？　麻薬、銃器、レアメタルの密輪でボロ儲けができるわよね」

「そんなことをしたら、関西の最大勢力に狙われるにちがいないよ。半グレ集団と『遊牧民《ノマド》の会』がタッグを組んだとしても、そこまで大それた野望は叶《かな》えられないだろう」

「そうかしら。今度の情報は間違いなさそうよ。堀越さんの事件に笛木か、高杉のどちらかが絡んでると思うわ。元システムエンジニアの清水秀一の死にも、どっちかが関与してるんじゃない？」

「ちょっと調べてみるよ、その二人を」

「そうしてみて。これで、少しは借りを返せそうだわ」

「また、そんなことを言う。せっかく来たんだから、ゆっくりしていけよ。泊まってもいいんだぞ」

「彼氏面《づら》をしないでって言ったと思うけどな。コーヒー、おいしかったわ。ご馳走さま！」

　恵利香が明るく言って、ソファから勢いよく立ち上がった。

　加納は肩透かしを喰った。笑うほかなかった。

第四章　悪党どもの狙《ねら》い

1

少し後ろめたかった。

だが、加納は予定通りに目の前のパエリアに画鋲《がびょう》を埋め込んだ。笛木が経営している六本木のダイニングバーである。

スペインの居酒屋《バル》を想《おも》わせるインテリアで、割に洒落《しゃれ》ている店だった。客は若いカップルが目立つ。

加納は中ほどのテーブル席で、シェリー酒を飲んでいた。イベリコ豚の生ハムを平らげてしまった。

加納は、シェリー酒用のグラスを床《フロア》に叩きつけた。客たちの視線が一斉に注がれる。

「なに見とんのや！」

加納は大声で喚《わめ》き、客たちを睨《ね》めつけた。

人々が怯《おび》えた表情で次々に目を逸《そ》らす。加納は関西の極道者を装っていた。

ウェイターが急ぎ足で、加納の席にやってきた。

「お客さま、どうなさいました？」

「この店は、客をなめとんな」

「は？」

「わしが注文したパエリアの中に画鋲が入っとったで！」

「ま、まさか⁉」

「わしが嘘ついてる思うとんのかっ。ほな、見とけや」

加納はフォークでムール貝をどかし、サフランライスの山を崩した。画鋲が現われた。

「あっ」

「ほれ、ほんまに画鋲が入ってたやないか」

「も、申し訳ございません」

「口ん中に入れとったら、画鋲が舌に突き刺さってたとこや」

「すぐにパエリアを作り直させます」

「それで済む話やないやろうが！　店長を呼ばんかいっ」

「少々、お待ちください」

二十二、三歳のウェイターが蒼《あお》ざめ、足早に厨房《ちゅうぼう》に向かった。パエリアを作ったコックに客からクレームをつけられたことを告げ、店長に報告するつもりなのだろう。

待つほどもなく、白いコックコートをまとった二十代後半の男が歩み寄ってきた。

「お客さま、すみませんでした。画鋲が混じっていたとは気づきませんでしたので。どうかご容赦ください」

「いい加減な仕事をしとったら、あかんで」

「は、はい！　すぐに新しいパエリアをお持ちします」

「もうええわ。わしがクレームつけたことで逆ギレされて毒でも盛られたら、かなわんさかいな」

「そんなことはしません」

「あんたや、話にならん。早《はよ》う店長を呼んでんか」

「いま、店長の神谷《かみや》がまいります」

「そうか。ほな、あんたは厨房に戻ってもええわ」

加納は顎《あご》をしゃくった。コックが一礼し、厨房に戻った。入れ代わりに三十一、二歳の細身の男が近づいてきた。

「店長の神谷です。お客さま、ご迷惑をかけて申し訳ありませんでした」

「こんなひどい店、関西には一軒もないで。客に迷惑かけたんやから、すぐに店を畳むんやな」

「お怒りはごもっともですが、十数人の者が働いておりますので、そういうわけにはいきません」

「ほんなら、誠意のある詫び方をしてもらおうやないか」

加納は言った。

神谷がうなずき、上着の内ポケットから店名入りの灰色の封筒を抓《つま》み出した。厚みはなかった。

「詫び料やな?」

「はい」

「なんぼ包んだんか、チェックさせてもらうで」

加納は封筒を引ったくって、中身を検《あらた》めた。一万円札が五枚収《おさ》まっているだけだった。

「もちろん、飲食代はいただきません。これで、お引き取り願えませんでしょうか」

店長の神谷が前屈《まえかが》みになって、小声で言った。加納は封筒を捩《ねじ》り、通路に投げ捨てた。

「これや、まるでガキの駄賃やないか。この店のオーナーをすぐに呼ばんかいっ」

「オーナーは、ここにはおりません」

「そやったら、早《はよ》う電話で呼ばんかい！」

「お客さま、事務室で話をさせていただけないでしょうか。五万円ではご不満だということはよくわかりましたので、折り合える額を事務室で教えてください」

「ええやろ」

「それでは……」

神谷が足許の封筒を摑み上げ、体を反転させた。加納は椅子から立ち上がり、神谷に従った。

事務室は、厨房の奥にあった。十畳ほどのスペースだった。二卓の事務机とソファセットが据《す》えられている。加納は勝手に長椅子に腰かけた。

神谷が片方の机に向かい、手提《さ》げ金庫を引き寄せた。

「お客さん、倍でどうでしょう？」

「詫び料が十万やて⁉　冗談も休み休み言えや。わし、堅気やないんやで。最低でも一本は出してもらわんと、帰らん！」

「百万円出せとおっしゃるんですか」

「ちゃうで！　一千万円や。こう見えても、わしは神戸連合会の理事のひとりなんや。この店のオーナーは、『東京シンジケート』を仕切っとる笛木豪やな？」

「あんた、自分でパエリアに画鋲を入れたんじゃねえのかっ」

「言葉遣《づか》いが荒《あろ》うなったな。暴走族上《ゾク》がりの悪ガキの本性《ほんしょう》を出しおったか」

「おれたちは、どこのヤー公も怖くねえ。とっとと帰りやがれ！」

「ええ度胸してるやないか。関東のやくざ者たちとも渡り合うとるそうやけど、わしらは腰抜けやないで」

加納は、せせら笑った。

「怪我しないうちに消《う》せるんだな」

「早《はよ》う笛木を呼ばんと、わしも手荒なことをするで。それでも、ええんか？」

「関西の極道が東京ででけえ面《つら》すんじゃねえ！」

神谷が息巻き、スチール製のデスクから離れた。その右手には、千枚通しが握られている。

加納は口の端を歪《ゆが》めた。挑発されて、神谷は逆上したのだろう。千枚通しを振り翳《かざ》して挑みかかってきた。加納は長椅子から立ち上がって、横蹴りを放った。スラックスの裾がはためく。

狙ったのは、膝頭の斜め上の内腿だった。意外に知られていないが、その部分は急所の一つだ。

店長の神谷が腰を落とし、片膝をフロアについた。

加納は神谷の腰を蹴り、後ろ首に手刀《しゅとう》を見舞った。神谷が呻いて、フロアに伏せる恰好《かっこう》になった。加納は片方の膝で神谷の背を押さえつけ、千枚通しを奪った。

「詫び料なんか一円も払わねえぞ。てめえは、自分でサフランライスの中に画鋲を入れたにちがいねえからな」

「詫び料はいらない」

「おっ、標準語だな。てめえは関西の極道じゃねえんだな？」

「ああ、そうだ」

「何者なんでえ？」

神谷が訊いた。加納は無言で神谷の頭髪を鷲摑《わしづか》みにすると、千枚通しの先端を右耳の中に潜《もぐ》らせた。

「て、てめえ、何を考えてやがるんだっ」

「おとなしくしてないと、千枚通しを奥に突っ込むぞ。鼓膜《こまく》が破れるだけじゃなく、大脳からも出血するだろう。そうなりゃ、おまえは死ぬな」

「な、何が知りてえんだっ」

「おまえら半グレどもは各界の有名人の子女や孫を麻薬とセックスの虜にして、危い《ヤバ》場面を動画撮影してるな。その映像を恐喝材料にして、餌食《えじき》にした奴らの親や祖父母から有価証券や不動産を安値で手に入れてるんだろ?」

「なんの話をしてんだよ。さっぱりわからねえな」

神谷が言った。加納は千枚通しを耳から引き抜き、神谷の右肩に突き立てた。神谷が長く呻く。

「時間稼ぎはさせないぞ」

「そう言われても、知らないものは答えようがないじゃねえか」

「甘いな、おまえは」

加納は千枚通しの先端をさらに深く沈め、左右に抉《こじ》った。神谷が動物じみた声を発し、両手の爪で床板に爪を立てた。

だが、何も言わない。加納は千枚通しを引き抜いた。先端から血の雫《しずく》が滴《したた》った。雨垂れのようだった。

ふたたび千枚通しの先を神谷の右耳の中に突っ込む。

「次は鼓膜を突き破る。奥歯を喰いしばってろ」

「てめえはクレージーだ。まともじゃねえ」

「黙ってろ！」

「やめろ、やめてくれーっ。あんたが言った通りだよ」

「著名人の子供や孫には、どんな麻薬を与えてるんだ？」

「いろいろだよ。コカイン、マリファナ、大麻樹脂、ヘロイン、ＬＳＤ、覚醒剤《スピード》と欲しがるドラッグを無料で好きなだけ渡してる。人気があるのは、オランダで密造された最新の錠剤型覚醒剤だな。タイやミャンマーのヤーバーは安く手に入るが、不純物が多いんだ」

「だろうな」

「錠剤型覚醒剤は抵抗感が薄いから人気があるんだけど、ちょっと効き目が遅いんだ。だから、包み《パケ》の粉末を溶かして注射したり、炙《あぶ》って煙を吸引する奴もいる。覚醒剤《スピード》は催淫作用もあるから、粉を大事なとこにまぶすのもいるね。女どもは、肛門にも擦《す》り込んでるよ」

「麻薬は組関係者から卸してもらってるのか？」

「おれたち、ヤー公とはなるべく関わりを持たねえことにしてるんだ。あいつらとつき合っても、いいことなんかないからな」

「ドラッグの入手先は？」

「それは勘弁してくれよ」

「片方の耳が聴力を失っても、それほど支障はないよな」

「千枚通しをそれ以上、奥に突っ込まないでくれ――っ。笛木さんや幹部たちがよく知ってるナイジェリア人やガーナ人が主にケニア、南アフリカで買い付けてメキシコを経由し、日本に運び込んでるんだ」

「旅行者なんかを運び屋にして、飛行機で品物《ブツ》を日本に入れてるんじゃないのか」

「以前はそうだったらしいけど、空港で運び屋が捕まることが多くなった。で、袋詰めにした麻薬《クスリ》をオイルタンカーの油の中に沈めたり、製粉機のローラーの中に隠して……」

神谷が言葉を濁した。

平成二十五年の上半期に摘発された覚醒剤の密輸事件は四十八件だ。密輸元はメキシコが十件で、最多だった。中国、ケニア、カナダが各四件で、インド、トルコ、南アフリカが各二件などとなっている。

押収量は約五百五十キロだった。警察庁の調べによると、現在の国内での一グラムの末端小売価格は七万円に下がっている。覚醒剤がだぶつき気味で値崩れしたのだろう。

それでも、麻薬密売は荒稼ぎできる。それだから、全国の暴力団が資金稼ぎの柱にしているわけだ。日本と韓国は世界でも突出して覚醒剤中毒者数が多い。

密輸元は増える一方で、いまや二十三カ国になった。近年はケニア、ウガンダ、南アフリカ、ガーナ、マリ、チュニジアといったアフリカ産の覚醒剤が増加傾向にある。

「カモの男女には、どういったセックスペットを提供してるんだ？」

「名士の倅《せがれ》や孫には、売れないタレントやモデルを提供してる。令嬢たちには駆け出しの男優やホストをな。麻薬にハマってるところや情事の動画を盗撮されたんじゃ、どうしようもないだろ？　各界の有名人は一族の恥を晒《さら》したくないんで、株券や不動産を安く手放すわけさ」

「具体的には、五、六億の価値のある不動産を一億円程度で譲れと迫ってるんだろうな」

「もっと安く買い叩いてる。だいたい相場の一割で商業ビルやマンションを手に入れたよ。もちろん売買契約書は二種類作って、不正な取引ではないように見せかけてな」

「脅迫された連中は有価証券や不動産を買い叩かれた上、税金もたっぷりと払わせられたんだな。まさに踏んだり蹴ったりじゃないか」

「けど、子供や孫が逮捕《パク》られたり、ゴシップの対象にならずに済んだわけだ。どの有名人も助かったと思ってるんじゃねえか」

「笛木は転売ビジネスで、どのくらい儲けたんだ？」

加納は問いかけた。

「よくわからねえけど、リーダーは七、八十億は儲けたと思うよ。けど、笛木さんは幹部のみんなに五、六千万ずつ分け前を配って、下のメンバー全員に小遣いをくれた。親分肌のリーダーだから、下の連中は従《つ》いていくんだよ」

「笛木はニュータイプの犯罪者グループと団結して、そのうち関東やくざの御三家をぶっ潰す気なんだろ?」

「えっ、そうなのか⁉ 笛木さんがそんなことを考えてるとは、おれ、まるで知らなかったよ。そう言われれば、リーダーは麻薬《クスリ》を仕入れてるナイジェリア人グループだけじゃなく、少数派の不良外国人グループに接触しはじめてるな。タイ人グループとかパキスタン人グループとかさ。ベトナム人グループともつき合いはじめてる」

「ほかの犯罪者集団とも接触してるんじゃないのか。『遊牧民《ノマド》の会』の連中にも接近してるという情報も耳に入ってるんだ」

「あんた、誰なんだよ⁉ 関西の極道に化けたりしてたけど、その筋の人間じゃないよな。刑事《デカ》にしては、やることが荒っぽすぎる。麻薬取締官《マトリ》かよ?」

「おれのことより、質問に答えろ」

「この店の店長をやらせてもらってるけど、おれは『東京シンジケート』の幹部じゃないんだ。十四人の幹部はちょくちょく笛木さんとミーティングをやってるけど、こっちはまだ準幹部にもなってない。だからさ、上の人たちが何を考えてるのか、あまりよく知らないんだ」

「そうか。笛木は、まだ鳥居坂のマンションにいるのかい？」

「リーダーは、ほとんど自宅にはいないよ。つき合ってる彼女が三人もいて、その彼女たちとホテルに泊まることが多いんだ」

「笛木に秘書みたいな人間はいないのか？」

「秘書もボディーガードもいないよ。リーダーはガードの人間が一緒だと、かえって襲われやすいと考えてるんだ」

「なるほどな。取り巻きを連れて歩いてると、どうしても目立つ。笛木の選択は賢明だろうな」

「もう少し遅い時間なら、『J《ジェイ》』のVIPルームの客たちの相手をしてるんじゃないか」

「『J』というのは、俳優座の近くにあるクラブだな？」

「そう。といっても、ホステスがいる酒場じゃないぜ。踊れるクラブだよ」

「わかってる。笛木は成功者たちの子供や孫と飲み喰いしながら、さりげなくドラッグを勧めたり、好みのベッドパートナーを聞き出してるんだな」

「そう。リーダーは物腰が柔らかいし、話術にも長《た》けてるんだよ。だから、VIPルームに招き入れられた奴らは無防備になって、なんでも喋っちゃう。只で高級シャンパンやブランデーを飲ませてくれて、好みのセックス相手を与えてくれるんだから、男も女も毎晩のように『J』に顔を出すよ」

「そうこうしてるうちに、麻薬《クスリ》の味を覚えさせられて、致命的な動画を撮られるわけだ。只より高いものはないな」

「ああ、そうだね」

神谷が相槌を打った。

「笛木が『J』にいなかったら、どこにいると思う？」

「もしかすると、リーダーは石倉《いしくら》さんの代官山の家にいるかもしれないな」

「その石倉というのは？」

「『東京シンジケート』のナンバー2だよ。石倉翔《しょう》さんはリーダーよりも一個下で、参謀格なんだ。喧嘩が強いだけじゃなく、頭《ペテン》もいいんだよ」

「二人は仲がいいのか？」

「親友同士《マブダチ》みたいだよ。笛木さんは石倉さんの二歳の長男の名付け親で、自分の息子のようにかわいがってんだ。綾人《あやと》という名前なんだけど、ちょくちょく石倉さんの子供の顔を見に行ってんだよ」

「石倉って奴の自宅の住所は？」

「番地まではわからないけど、猿楽町《さるがくちょう》にあるホワイトハウスみたいな洋館だよ。行けば、わかると思うぜ」

「そうか。笛木や石倉って男に余計なことを言ったら、おまえを半殺しにするぞ」

加納は千枚通しを事務机の背後に投げ、神谷の右腕の関節を肩から外した。神谷が痛みを訴えながら、のたうち回りはじめた。

加納は事務室を出た。

すると、五人の男たちが待ち構えていた。コックが二人に、ウェイターが三人だった。おのおのフライパンや棒切れを握っていた。

「立ち回りを演じるのはかったるいな。全員、シュートしてやるか」

加納は上着の裾を捲《まく》って、ホルスターの拳銃を見せた。五人は怯《ひる》み、一目散に逃げ出した。

加納は何事もなかったような顔で、ダイニングバーを出た。

2

ブラックライトが明滅している。

『J』だ。二十代前半と思われる男女がダンサブルなハウスミュージックに合わせて、体を動かしていた。ステップは大きくない。

DJブースでプレイヤーのターンテーブルを回しているのは、若い白人男性だった。ダンスフロアをよく見ると、幾人か外国人がいた。

フロアの周《まわ》りにはテーブル席があり、踊り疲れた客が思い思いに酒を飲んでいる。バドワイザーの小壜《こびん》をラッパ飲みしている者が多い。

テーブル席のあたりから、香《こう》のような匂いが漂ってくる。マリファナ煙草の香りだ。

VIPルームは、ダンスフロアを見下ろす位置にあった。ガラス張りで、丸見えだった。名士の子女らしい者たちが寛《くつろ》いだ様子でソファに坐り、何やら愉《たの》しげに談笑している。三十代と思われる男の姿は見当たらない。

黒服の男が近づいてきた。

「お客さま、当店は女性のいるクラブではありませんよ」

「わかってるって。高校の後輩だった笛木に会いに来たんだ」

加納は平然と嘘をついた。

「オーナーのお知り合いでしたか」

「笛木は、まだ店に顔を出してないようだな」

「ええ、そうなんですよ」

「右腕の石倉の代官山の家にいるんだろう。あいつは石倉の子の名付け親らしいから、綾人って子がかわいくてしょうがないんだろうな」

「そこまでご存じでしたか。オーナーは、石倉さんの子供をすごくかわいがってるんですよ」

「そうみたいだな」

「オーナーは、石倉さんの家にいると思います」

「そうなんだろうな。ところで、そっちも『東京シンジケート』のメンバーなんだろ？」

「ええ、そうです」

「笛木は少数派の不良外国人や頭脳犯罪者グループと共謀して、やくざ狩《ヤサ》りもする気でいるみたいだな。そんな噂を小耳に挟んだんだ」

「えっ、そうなんですか⁉」

「おい、そんなに警戒するなよ。笛木とは長いつき合いだし、おれも素っ堅気じゃないんだ。どの組にも足《ゲソ》はつけてないが、ダーティー・ビジネスで喰ってるんだよ」

「オーナーはヤー公たちがこの世からいなくなれば、簡単に裏ビジネスで巨万の富を得られるといつも言ってますから、暴力団をぶっ潰したいとは思ってるでしょうね。でも、オーナーが本気で闇勢力とぶつかる気になったかどうかはわかりません」

「笛木は野心家だから、首都圏の裏社会を牛耳りたくなったのかもしれないが、うまく関東の御三家を弱体化させることができても、関西の最大勢力にぶっ潰されるだろう」

「でしょうね。神戸連合会は全国に下部団体《エダ》を進出させてますから、周囲は敵だらけってことになります」

「そうだな。東京の老舗博徒集団も、いまや神戸連合会の傘下に入ってる。『東京シンジケート』は怖いもの知らずと言われてるが、百人そこそこの組織だ。西の勢力を撃退させられっこない」

「ええ、多分ね」

「それだから、おれは後輩の笛木に身の丈に合わないことはするなって忠告にきたんだよ。でも、その前に噂の真偽を確かめないとな」

「そういうことだったんですか」

「石倉の家に行けば、多分、笛木に会えるだろう」

「と思います。あのう、お名前を教えていただけますか？　オーナーが石倉さんの自宅にいなかったら、あなたのことを伝えなければいけませんし」

相手が言った。

「仁科《にしな》だよ。ところで、笛木はいまどんな車に乗ってるんだ？」

「ポルシェ911カレラに乗ってます。車体がレモンイエローだから、かなり目立ちます」

「だろうな。あいつ、十代のころから目立ちたがり屋だったからね。仕事中に悪かったな」

加納は黒服の男に言って、大股で『J』を出た。裏通りまで歩き、ランドローバーの運転席に入る。

シートベルトを掛けたとき、恵利香から電話がかかってきた。

「『東京シンジケート』の笛木豪と『遊牧民《ノマド》の会』の高杉亮太は、幼馴染みだったわよ。二人の実家は杉並の久我山《くがやま》二丁目にあって、どちらも同じ小・中学校を卒業してたわ」

「そういう接点があったのか。ガキの時分、よく一緒に遊んだ仲だったんだろうな」

「そうでしょうね。それから、高杉は渋谷区南平台町《なんぺいだいちょう》の豪邸を月に二百万で借りて、二人の愛人と暮らしてるみたいよ。愛人の名まではわからないんだけど、どっちもまだ二十代だと思う」

「高杉は二人の愛人を交互に抱いてるのか。それとも、夜ごと3Pを娯《たの》しんでるのかな」

「なんか羨《うらや》ましそうな口ぶりね。加納さんも悪党になって、ハーレムに色っぽい美女を四、五人住まわせたら？」

「おれはオットセイじゃない。ベッドパートナーは、ひとりで充分だ」

「謎かけめいた言い方をしたけど、わたしは対象外にして。加納さんとは妙なことになっちゃったけど、色恋じゃないんだから」

「わかってるよ」

「わたし、恋愛は面倒だと思ってるし、女に惚れやすい男はノーサンキューなの。それに、わたしにはやらなければならないことがあるから、色恋にうつつを抜かしてられないのよ」

「それじゃ、人生が味気ないんじゃないのか」

「粘っても無駄よ。加納さんは、気の合う男友達ね。それ以上でも、以下でもないわ。そういうことで、よろしく！」

「負けたよ」

加納は苦笑し、通話を切り上げた。恵利香の側には恋愛感情がないとはっきり言われ、彼女を独り占めしたいという気持ちは急速に萎《しぼ》んだ。

二人にとって、そのほうがいいのかもしれない。濃密な関係を長くつづけていたら、いずれ別離が訪れるだろう。できることなら、恵利香とは老いるまで親交を重ねたいと考えていた。多分、彼女も同じ気持ちなのではないか。

「恵利香は女友達なんだ」

加納は声に出して呟き、イグニッションキーを捻った。車を猿楽町に向ける。

石倉翔の自宅を探し当てたのは、およそ二十五分後だった。白い洋館の鉄柵の前には、レモンイエローのポルシェ911カレラが駐められている。笛木の車だろう。

加納はランドローバーを石倉宅の隣家の生垣《いけがき》に寄せた。ライトを消して間もなく、石倉宅から三十代半ばの男が姿を見せた。『東京シンジケート』のリーダーだった。

「翔、例の雑居ビルは一億下げても、早く転売しよう」

「了解です。高杉さんのシナリオに変更があったら、おれに教えてください」

「わかった。綾人に風邪をひかせるなよ。子供と年寄りは肺炎になりやすいからな」

「そうですね」

「翔に万が一のことがあったら、綾人はおれの養子にして立派に育て上げてやるよ」

「ついでに、留衣《るい》の面倒も見てください」

「おまえの奥さんには生活費を届けてやるが、おれ、気の強い女は苦手なんだ」

「留衣のことは冗談ですよ。笛木さんはモテモテだから、留衣の面倒まで見てもらおうとは考えてません。高杉さんによろしく言ってくださいね」

石倉が片手を挙げた。笛木が大きくうなずき、高級ドイツ車に乗り込んだ。二人とも、ランドローバーには目もくれなかった。

ポルシェが発進した。加納は石倉が洋館の中に消えてから、車のエンジンをかけた。

早くも笛木の車は闇に紛《まぎ》れかけていた。

加納はライトを灯し、ランドローバーを走らせはじめた。猿楽町と南平台は、さほど離れていない。間に鉢山《はちやま》町を挟んで隣り合っている。

ポルシェは数百メートル走っただけで、高杉の自宅に着いた。笛木は愛車を路上に駐め、高杉邸に入っていった。

新しくはないが、紛れもなく豪邸だった。大きな洋風住宅は庭木に囲まれていた。敷地は二百坪ほどか。

加納は車をガードレールに寄せ、運転席を出た。たちまち寒気に包まれる。加納は通行人を装い、ゆっくりと高杉邸の前を通り抜けた。防犯カメラが設置されていた。

加納は邸内に忍び込み、笛木と高杉の遣り取りを盗み聴く気だった。しかし、それはできそうにない。

　加納はUターンし、ランドローバーの車内に戻った。ラークを喫《す》い終えたとき、刑事用携帯電話《ポリスモード》が着信音を刻んだ。加納は上着の内ポケットからポリスモードを取り出した。発信者は三原刑事部長だった。

「本部事件に関わりがあるのかどうかわからないんだが、組対《そたい》四課によると、住川会と稲森会の本部周辺と総長宅近くを四、五人の不審な外国人がうろつきはじめてるらしいんだよ」

「そいつらは中国系なんですか。それとも、西アジア系なんでしょうか？」

「いや、中国人やイランの男たちじゃないそうだ。黒人、それからパキスタン人やタイ人と思われる連中らしいんだよ。黒人のひとりは、チャンボ・オドンゴというナイジェリア人だという話だったな」

「そのナイジェリア人は、真っ当な男なんですか？」

「いや、歌舞伎町を根城にしてる不良ナイジェリア人グループの幹部らしい。パキスタン人やタイ人らしい男たちも荒《すさ》んだ感じだというから、おそらく不良外国人なんだろう」

「そうなんでしょうね」

「チャイニーズ・マフィアやイラン人マフィアは麻薬や故買ビジネスで首都圏の広域暴力

団とは協力関係にある」

「ええ」

「そんな彼らが住川会や稲森会と事を構えるとは考えにくい。加納君、西の組織が少数派の不良外国人の混成チームを作って、関東やくざの御三家に何か仕掛ける気でいるんじゃないだろうか」

「不良外国人を焚《た》きつけたことが発覚しなければ、関西の勢力が後ろで彼らを操ってたこともわからないでしょう」

「ああ、そうだろうね。神戸連合会の息のかかった極道たちが住川会や稲森会の本部に殴り込み《カチコミ》をかけたら、東西の全面抗争に発展しかねない」

「当然、そうなるでしょう。関東のやくざは、神戸連合会が紳士協定を無視して東京に進出したことを苦々しく思ってたはずですから」

「東西勢力が血で血を洗う抗争を繰り広げることになったら、最大勢力にも死傷者は出るだろう」

「そうでしょうね」

「それだから、神戸連合会は少数派の不良外国人混成チームを唆《そそのか》して、関東の御三家潰しをやらせる気でいるんじゃないだろうか。それも、自分らは怪しまれないような小細工を弄《ろう》してね」

「不良外国人混成チームのバックにいるのは神戸連合会ではなく、九州や広島の戦闘的な暴力団だと見せかけるつもりなんではないかってことですか？」

加納は確かめた。

「それも考えられるが、案外、住川会や稲森会のどっちかが狂言を仕組んだのかもしれないな。少数派の不良外国人たちに自分らも狙われてるように見せかけ、ライバルの主要暴力団にダメージを与える気とも考えられる」

「刑事部長、御三家は互いに力を合わせないと、そのうち神戸連合会に首都圏の縄張りを乗っ取られるかもしれないという危機感を持ってるはずです。そんなときに、御三家が潰し合う気になるとは思えません」

「そうか、そうだろうな。となると、不良外国人混成チームの背後にいるのは、やっぱり関西の最大組織臭いね」

「三原刑事部長の読み筋にケチをつけるわけではありませんが、結論を急ぐのはいかがなものでしょうか。というのは、『東京シンジケート』の笛木がナイジェリア人から覚醒剤を仕入れてるようなんです。それから、彼は東京のやくざをぶっ潰そうと考えてる節があります」

「何か掴んだようだな」

三原が言った。加納は、ダイニングバーの神谷店長や『J』の黒服から聞いた話をかいつまんで喋った。

「『東京シンジケート』のボスは幼友達の高杉と謀《はか》って、関東の御三家を弱体化させようとしてるんだろうか。そして、行く行くは二人で東京のアンダーグラウンドを牛耳るつもりなのかな」

「そこまではまだわかりませんが、笛木が少数派の不良外国人たちを動かしてる疑いはあると思います。実はいま、笛木は高杉の南平台の自宅のそばにいるんですよ」

「そうだったのか。うまく高杉宅に忍び込めると、何か手がかりを得られると思うんだが……」

「防犯カメラが設置されてるんで、高杉が借りてる豪邸の庭に侵入できなかったんですよ。同居してる二人の愛人のどちらかが表に出てきたら、それとなく探りを入れてみます」

「そうしてくれないか。ところで、本部事件の被害者は笛木豪の身辺をうろついてたんだろうかね」

「堀越勇介が、笛木の恐喝の物証を押さえた可能性はゼロではないと思います。さらに堀越は、笛木が『遊牧民《ノマド》の会』の高杉とつるんで何か大それた悪事を企《たく》んでることを知ったのかもしれません」

「加納君の推測が正しかったら、堀越は笛木か高杉に葬られたんだろう。実行犯は、どちらかの手下かもしれないがね。それから、身替り出頭した清水秀一もおそらく同じ犯人に高浜運河に突き落とされて溺死したんだと思うよ」

「ええ、考えられますね。清水は、笛木か高杉のどちらかと接点があったんでしょう。あるいは、二人の配下の誰かと知り合いだったのかもしれません」

「何か動きがあったら、報告をしてくれないか」

三原が電話を切った。加納は刑事用携帯電話《ポリスモード》を懐に戻して、背凭《せもた》れに上体を預けた。

笛木が高杉邸から現われたのは、午後十一時四十分ごろだった。

すぐにポルシェが走りだした。加納はポルシェが遠のいてから、ランドローバーを発進させた。

笛木の車は邸宅街を走り、玉川通りに出た。瀬田《せた》方面に向かい、上馬《かみうま》交差点を左折して環七通りに入った。加納は慎重にポルシェを追跡した。

やがて、高級ドイツ車は第一京浜国道を突っ切った。そのまま道なりに進み、流通センターのある城南島《じょうなんじま》に達した。東京湾に面した人工島は、工場群と倉庫ビルだらけだ。

夜間は、めったに人影も見られない。どうやら笛木は張り込まれていることに気づき、加納を寂しい場所に誘い込んだようだ。『東京シンジケート』のボスを締め上げるチャンスである。

加速したとき、工場や倉庫の間から大型単車が次々に走り出てきた。その数は三十台以上だった。

単車の多くはランドローバーの進路を阻《はば》み、蛇行運転しはじめた。ポルシェが岸壁の手前で右折し、スピードを上げた。

いつの間にか、ランドローバーの後ろには六、七台の単車が迫っていた。笛木は若い時分に総長を務めていた暴走族チームの後輩たちに加納の正体を突きとめさせる気になったようだ。

単車の爆音が重なり、ホーンは掻き消されてしまう。前後の単車は蛇行運転を繰り返している。脇道に逃れることもできない。

加納は次第に苛立《いらだ》ってきた。

アクセルを踏み込んで、前の単車を煽《あお》る。逆に減速して、後続のライダーたちを慌てさせてみた。それでも、単車群はランドローバーを挟んだままだった。

加納はウインドーを下げた。

凄まじい単車のエンジン音が一瞬、聴力を奪った。加納は左手だけでステアリングを支え、ショルダーホルスターからグロック32を引き抜いた。

すぐにセーフティー・ロックを外し、窓から右腕を差し出す。加納は銃口を夜空に向け、無造作に引き金《トリガー》を絞った。乾いた銃声がこだました。加納は、もう一発撃った。すると、単車が次々にスピードを上げた。我先に工場や倉庫の間に逃げ込む。

加納は車を急停止させた。

逃げ遅れた単車が二十メートルほど先に見える。加納は片膝を路面に落とし、銃把《グリップ》を両手で保持した。銃口が静止する。

加納は発砲した。

狙ったのは単車の後輪だった。的《まと》は外さなかった。

バースト音が響き、七百五十cc の単車が転倒して数メートル滑走した。ライダーは投げ出された。

加納は、体を丸めて唸っている男に駆け寄った。

フルフェイスの黒いヘルメットは、ほとんど頭から外れかけていた。ライダーは二十歳そこそこだった。

「おまえらは、笛木がかつて総長をやってたチームのメンバーだな？」

「なんの話をしてるんでえ」

「一度死んでみるか？」

「おれを撃つ気なのか⁉」

「場合によっては、引き金を絞る」

「う、撃たねえでくれよ」

「死にたくなかったら、おれの質問に答えるんだな」

「わかったよ。いまの頭《アタマ》の林《はやし》さんから声がかかったんで、みんな、城南島に結集したんだ。笛木さんのポルシェを逃して、尾行してる奴の正体を吐かせろって言われたんでな」

「笛木は、先月の二日に歌舞伎町の裏通りで刺し殺された堀越ってノンフィクション・ライターに何か危《ヤバ》いことを知られたんで、手下の誰かに始末させたんじゃないのか？　空とぼけたら、腕か脚を撃つぞ！」

「おれ、何も知らないよ」

「笛木は幼馴染みの高杉って奴と何か企んでるんじゃないのか？」

「高杉？　そんな名前は初めて聞いたよ」

「本当だな」

「ああ、嘘じゃないよ。あっ！」

ライダーが股間を押さえ、惨《みじ》めそうな表情になった。恐怖のあまり、尿失禁してしまったのだろう。

「誰か仲間に電話して、ここに戻ってもらうんだな」

加納はグロック32の安全装置《セーフティー・ロック》を掛けた。

3

監視カメラが二台設置されている。

『遊牧民《ノマド》の会』が経営しているインターネット・カジノ店だ。店は意外にも、東京駅八重《やえ》洲口《すぐち》近くの雑居ビルの三階にあった。

加納は前髪を額に垂らし、黒縁眼鏡《くろぶちめがね》をかけていた。『東京シンジケート』の笛木を城南島で捕まえ損なったのは三日前だった。

その翌日、笛木豪は姿をくらました。『遊牧民《ノマド》の会』の高杉も南平台町の自宅から消え、いまも行方がわからない。

加納は、二人の居所を突きとめることができなかった。そこで、インターネット・カジノ店に客として潜り込む気になったのである。現在、午後八時過ぎだ。

繁華街にある暴力団直営のインターネット・カジノ店は常連客か、その紹介者だけしか入店できない。

だが、頭脳犯罪者集団が手がけているカジノ店には特に入店資格はなかった。予《あらかじ》めスマートフォンの番号を店に登録しておけば、いつでも入店可能だ。

加納は私物のスマートフォンを使って、店に電話をかけた。

すると、待つほどもなく鋼鉄製の二重扉の奥に導かれた。案内係は若い女性だった。砂色のテーラードスーツ姿で、秘書風だ。

室内はパーティションで仕切られ、ネットカフェ風の造りだった。各ブースにはパソコンが置かれて、煙草や飲み物は無料で配られている。

インターネット・カジノの仕組みは次の通りだ。

フィリピン、マカオ、コスタリカ、カリブ海諸国はカジノが合法になっている。それぞれの国からライセンスを買った運営会社が現地に賭博スタジオを設け、バカラやポーカーなどを興行して世界各国の会員にネット中継する。

カジノ店はどこも会員になっていて、運営会社からポイントを購入するシステムになっていた。一ポイント五十円で買い、店の客に倍額で売る。

客はポイントを使ってギャンブルに興《きょう》じるわけだ。ポイントは、その場で換金できる。

日本国内で賭けることは賭博罪に抵触し、店側も客も罪に問われる。

しかし、現実には摘発はきわめて難しい。仮に警察の手入れがあっても、十分ほど捜査員を店に入れなければ、立件材料を消すことが可能だからだ。

親機の電源を落とせば、パソコン端末はすべて初期化される。書類は速《すみ》やかに裁断し、ネットカフェの偽造伝票を用意しておく。それで、賭博容疑は消える。

かつての違法カジノには、バカラ台やスロットが置かれていた。当然ながら、機材やディーラーなどの費用がかかる。

そんなことで、十年ほど前から日本の暴力団がフィリピンのカジノ運営会社からライセンスを買い、インターネット・カジノ店を開くようになった。愛知県内には約六十店舗があるが、まだまだ数は多くない。

『遊牧民《ノマド》の会』を仕切っている高杉はそこに目をつけ、堅気専用の店を首都圏に開く気になったと思われる。繁華街を避けてビジネス街を選んだのは賢いと言えるのではないだろうか。

加納はブースに入り、パソコンに向かった。フィリピンのカジノの映像が流れていた。

バカラ賭博は勝負が早い。

加納はチップを大胆に張って、わざと四十分そこそこで五十万円ほど負けた。予想通り、三十二、三歳の男性店長が加納のいるブースにやってきた。

「お客さん、一息入れたほうがよろしいんではありませんか。あまり熱くなられると、どうしても負けが込んでしまいますからね」

「そうだな」

「お店としてはありがたいことですが、大負けされた方はリピーターになってくださらないことが多いんですよ。長い目で見ますと……」

「百万ぐらい負けたって、どうってことないんだ」

「余裕がおありなんですね。羨ましいな」

「ベンチャービジネスで、少し儲けたんだよ。厭味《いやみ》な言い方になるが、銀座のクラブで一晩七、八百万遣《つか》うことも珍しくない。それに、中学の後輩に儲けさせたいんだよ。ここのオーナーは高杉亮太だよな」

「えっ⁉」

「警察に密告《チク》ったりしないよ。現にこっちはバカラをやってんだから、一一〇番できるわけがない。そうだろう？」

加納は店長に笑いかけ、ラークをくわえた。

「オーナーの中学の先輩でいらっしゃるんですか」

「そう。おれのほうが三つ上なんで、学校に通った時期は違うんだけどね。ただ、高杉の秀才ぶりは耳に入ってたよ」

「そうですか」

「高杉は博士号を取って学者になると思ってたんだが、何かで挫折したんだろうな。もしかしたら、そっちも大学院で修士コースか博士コースで学んだのかな」

「一応、修士号は取得したんですが、研究者になれなかったんですよ。それで、高杉オーナーにこのカジノ店を任されてるわけです」

「そうなのか。研究者や学者になる道は険《けわ》しいみたいだな」

「ええ、大変ですね。夢破れた者たちが支え合って生きてるんですよ」

「それじゃ、そっちも『遊牧民《ノマド》の会』のメンバーなんだろうね」

「それは、どういう団体なんです？」

　店長が問いかけてきた。

「そう警戒するなよ。おれは優等生じゃないし、警察とは相性がよくないんだ。メンバーなんだろ？」

「は、はい」

「高杉は幼馴染みの笛木と最近、ちょくちょく会ってるって噂も耳に入ってる。そういえば、『東京シンジケート』を仕切ってる笛木も久我山の中学の後輩なんだよ。笛木は中学生《チューボウ》のころに暴走族《ゾク》のチームに入って総長にまでなったんだが、先輩には実に謙虚なんだ。いい奴だよ、笛木も。あの二人、何かやらかす気なんじゃないのか」

「さあ、そのあたりのことはわかりません」

「そう。高杉は海外旅行でもしてるのかな。きのうときょう、南平台の高杉の自宅に行ったんだが、留守だったんだ。一緒に住んでる二人の彼女もでっかい借家にはいなかったな。高杉に新事業を任せたいと考えてるんで、あいつの自宅に行ってみたんだけどね」

加納は、短くなった煙草の火を灰皿で揉み消した。喋ったことは、でたらめだった。

「どんな新事業を計画されてるんですか？」

「バイオ技術で高級果物の水耕栽培ビジネスに進出しようと考えてるんだ。マンゴー、パパイヤ、ドリアンといったトロピカル・フルーツの短期量産化ができるんだよ。その特殊技術の使用権はすでに押さえてある」

「面白そうですね」

「高杉の周《まわ》りには、いろんな研究者の卵がいるだろうから、新ビジネスに全面的に協力してもらおうと思ってるんだ。それで、高杉の自宅に行ってみたんだが……」

「わたし、バイオ関係の研究をしてたんですよ。オーナーがあなたの新事業に全面協力するとなったら、ぜひスタッフの一員にしていただきたいですね」

「ああいいよ。おれは江波戸《えばと》というんだが、きみの名前は？」

「伊勢和芳《いせかずよし》といいます。この店をオーナーに任されたことはありがたいんですが、正直なところ、いつ手入れがあるかもしれませんので、安心して働けないんですよ」

「そりゃ、不安だろうな。高杉が新事業に協力してくれることになったら、きみを必ずスタッフに加えるよう言っておくよ」

「よろしくお願いします」

伊勢と名乗った店長が深く頭を下げた。

「できるだけ早く高杉に打診してみたいんだが、あいつの居所がわからないんで……」

「オーナーなら、二人の彼女と一緒に高輪《たかなわ》のセカンドハウスに二日前から移ってます。詳しいことは教えてくれませんでしたが、しばらく身を隠すという話でしたね」

「そう。二人の彼女は美人なのかな」

「ええ、どっちもね。佳穂《かほ》さんは元グラビアアイドルで、ディオンヌさんはカナダ人です。以前はモデルをやってたんですよ。佳穂さんが二十四歳で、ディオンヌさんは二十五歳だったかな」

「高杉はノーマルなセックスに飽《あ》きたんで、いつも3Pをしてるのか？」

「多分、そうなんでしょうね。二人の女性は姉妹のように仲が良いから、三人でプレイすることにさほど抵抗はないんでしょう」

「二人の彼女は、高杉から愛人手当を貰ってるんだろう？」

「毎月百二十万円ずつ小遣いを貰ってるみたいですよ。そのほかブランド物の服やバッグもいろいろ買ってもらってるようです」

「学者志望だった高杉が成金《なりきん》みたいになっちゃったのか。少しがっかりしたが、理想通りに生きられなくって、捨て鉢になる気持ちもわからなくはない。人間は金を握ると、俗物そのものになる。おれだって、同じだよ」

「お金がたくさんあれば、たいがいの望みは叶いますからね。さすがに人の心までは買えませんけど」

「そうだな。しかし、セクシーな美女をセックスペットにはできる。元グラドルとカナダ娘は割り切って高杉のベッドパートナーを務めてるんだろうから、他人がとやかく言うべきじゃないな」

「わたしも、そう思います」

「高杉の人生観や価値観が変わったことを咎《とが》める気はまったくないが、ちょっと不安材料があることはあるんだ。高杉に新事業を任せてもいいんだろうか」

「何が不安なんです？」

「高杉は、幼友達の笛木と何か企んでるようなんだ。笛木は半グレ集団のリーダーだから、何か危《ヤバ》いことを考えてるんじゃないだろうか」

加納は探《さぐ》りを入れた。

「オーナーは開き直れば、金儲けはできると『遊牧民《ノマド》の会』のメンバーによく言ってます。もっとアナーキーにならないと、たった一度の人生を思いっきり愉《たの》しむことはできないとも……」

「そう」

「ですが、オーナーは凶暴な犯罪には走らないと思います。知能的な悪事は働いても、荒っぽいことはしないでしょう」

「おれもそう思ってたんだが、『東京シンジケート』を束《たば》ねてる笛木は最近、少数派の不良外国人たちと接触してるって噂が流れてるんだ」

「少数派の不良外国人と言いますと……」

「アフリカ出身の黒人、数の少ないパキスタン人犯罪者グループ、それから不良タイ人らを団結させて、何かやる気なんじゃないのか。たとえば、首都圏でやくざ狩りをするとか、でっかい面《つら》をしてるチャイニーズ・マフィアをぶっ潰そうと企んでるとかさ」

「半グレ集団はそういう荒っぽいことをやりかねませんけど、高杉さんはそんなことには加担しないでしょう。ただ、オーナーは……」

伊勢が口ごもった。

「高杉は『遊牧民《ノマド》の会』のメンバーに何かいつも言ってることがあるようだな」

「ええ、まあ」

「教えてくれないか、そのことをさ。決して他言しないよ」

「わかりました。オーナーは、国家を私物化してる有力政治家、利潤だけを追求してる財界人、出世欲に凝り固まってる高級官僚、巨大労働組織のボスを抹殺しないと、日本の再生は難しいと説《と》きつづけてきたんです。闇社会の首領《ドン》たちや巨大教団の教祖も片づけないと、この国はまともにはならないと言ってますね」

「そうなのか。高杉は学者になる夢は諦めざるを得なかったんだろうが、心根《こころね》まで腐《くさ》ったわけではなかったんだな」

「ええ。オーナーは研究者や学者になれなかった仲間がちゃんと生活できるようにと法すれすれの方法で荒稼ぎしてきましたけど、ただの悪党集団のボスで終わろうとは思ってないはずです。貧乏してたんで、ちょっと贅沢《ぜいたく》な生活をしてますけど、メンバーのみんなをそれとなく煽動《せんどう》してるのは自分たちインテリ崩れが他《た》のアウトロー集団の手を借りてでも……」

「世直しをしなければいけないと煽《あお》ってるのかな？」

加納は探りを入れた。

「ええ、そうなんでしょう。高杉オーナーは思想的にはずっと中立でしたが、権力を握った連中が堕落しきってるとよく嘆《なげ》いてましたんでね」

「そう」

「オーナーは、日本の政治や経済を裏で支配してる民自党の元老や政商上がりのフィクサーを真っ先に葬る必要があると酔うたびにメンバーに言い聞かせてます」

「そういう話を聞くと、高杉亮太は幼友達の笛木豪や不良外国人混成チームの手を借りて、アナーキーな方法で世直しをする気でいるのかもしれないな」

「ええ、もしかしたらね」

「おれも普段は金儲けのことしか考えてないが、まともな舵取りがいなくなった日本丸はそのうちに難破してしまうだろう」

「そんな日本丸に乗せられてる国民の多くは、恐怖と不安にさいなまれてるんじゃないんですかね」

伊勢が真顔《まがお》で言った。

「だろうな。中には、もう難破は避けられないと覚悟してる者もいるにちがいない。国民が選挙で真っ当な政治家を選び、社会の不正や腐敗にしっかりと目を向けてれば、少しはましな世の中になったんだろうがね」

「駄目な政治家に一票を投じ、権力者の言いなりになってきた国民たちにも責任はありますよね。高度経済成長時代以降、人々は物質的な豊かさを追い求めすぎました。その分、誇りや自信を失ってしまった感じでしょ？」

「そうだな。とりあえず、時代の流れに乗っかって危げなく生きようと考える人間が多くなった。プライドや意地をなくした羊みたいな国民が増えたんで、為政者《いせいしゃ》はさらに無茶なことをやるようになった。その結果、国の財政は破綻《はたん》寸前まで追い込まれてしまった。オリンピックを優先させて、東北の被災地の復興が遅れてることを本気で詫びる政治家やエリート官僚はいないんじゃないのか」

「ええ、そうでしょうね。国と電力会社は汚染水の流出問題にも手を打てない状態にもかかわらず、経済性を重視して原発の再稼働を急いでる様子です。弱者の立場を思い遣《や》れない政治家、企業人、役人たちは人間として冷たすぎますよね。社会的成功者であっても、人間としてのランクはB級以下でしょう」

「同感だな。なんだか青臭いことを言ったが、いまの世の中は確かにおかしい。誰かが世直したくなっても、別に不思議じゃないよ」

「ええ」

「ところで、高杉のセカンドハウスは高級賃貸マンションなのかな？」

「いいえ、戸建て住宅です。南平台の自宅よりは小さいですけど、邸宅と言ってもいいと思います」

「住所はわかる？」

加納は訊いた。

店長の伊勢が所番地を明かす。加納は、高杉のセカンドハウスの住所を頭に刻んだ。高輪二丁目だった。

加納はバカラで負けた五十数万円を払い、インターネット・カジノ店を出た。

ランドローバーは、雑居ビルから七、八十メートルほど離れた裏通りに駐《と》めてある。

加納は大股で歩き、特別仕様の捜査車輌に乗り込んだ。ランドローバーで高輪に向かう。二十分そこそこで、目的地に達した。高杉のセカンドハウスは、泉岳寺《せんがくじ》のそばにあった。

数寄屋《すきや》造りの和風住宅だった。敷地は百坪前後だろう。形よく植えられた庭木が目隠しになっていて、道路から家屋は半分しか見えない。

加納は車を路上に駐めた。閑静な住宅街は静まり返っている。第一京浜国道の車の走行音は耳に届かない。

加納は静かに運転席を出た。

高杉の別宅には防犯カメラは設置されていなかった。門扉《もんぴ》も低い。車庫には、黒いベントレーが納められている。

加納は左右を見回してから、黒い布手袋を両手に嵌《は》めた。門扉の内錠をそっと外し、敷地内に忍び込む。加納はしゃがみ、耳をそばだてた。誰にも見咎《みとが》められなかった。

加納は姿勢を低くして、和風住宅に近づいた。

ダウンパーカの内ポケットには、ピッキング道具が入っている。どんなロックも解錠できるが、玄関から侵入するのは避けたほうがよさそうだ。

家屋の横に回り、台所のドアの前で足を止める。加納はドアに耳を押し当てた。

何も物音は伝わってこないが、家の照明は点《つ》いていた。高杉は二人の愛人と寝室にいるのだろうか。

加納は耳搔《か》き棒に形状の似たピッキング道具を鍵穴に挿入し、右手首を左右に小さく動かした。金属と金属が嚙み合った。ロックは造作なく外れた。

加納はノブを手繰《たぐ》り、ドアを細く開けた。

体を斜めにして、台所の中に侵入する。土足のままだった。

台所は暗かった。八畳ほどの広さで、隣に十二畳ほどの食堂がある。ペンダント照明は灯《とも》っているが、誰もいなかった。

加納は台所から廊下に出た。

抜き足で奥に進む。と、左手の座敷の襖《ふすま》から女のなまめかしい喘《あえ》ぎ声が洩《も》れてきた。吐かれた言葉は日本語ではなかった。短い英語だった。

高杉は、カナダ人の愛人と肌を重ねているようだ。耳を澄ますと、女の含み声も聞こえる。佳穂という愛人は、どうやら高杉のペニスをくわえているようだ。

加納はサングラスをかけてから、襖の引き手に指を掛けた。慎重に数センチずつ襖を横に払う。電灯の光が廊下を細く照らした。

十二畳ほどの和室に、ダブル幅の夜具が敷いてある。

高杉は仰向《あおむ》けになって、顔の上に跨《また》がった白人女性の性器を舐め上げていた。ディオンヌの背は反《そ》っている。

佳穂と思われる女性は高杉の股の間にうずくまり、口唇愛撫を施《ほどこ》していた。三人とも、全裸だった。

「わたし、すごく感じてるよ」

栗毛のディオンヌが、癖のある日本語で高杉に言った。

「そうだな。あそこ《プッシー》がぬるぬるだよ。早く男根《ディック》が欲しいんだろうが、もう少し待ってくれないか」

「まだハードアップしてない？」

「そうなんだよ。いつものように、ディオンヌに袋の部分も含んでもらわないと、思いっきりエレクトしないんだ」

「オーケー、わかった。わたし、そうする」

「頼むよ」

高杉がディオンヌの左の乳房を軽く揉んだ。

佳穂が心得顔で、横に移動する。ディオンヌがいったん高杉から離れ、すぐさま股の間に腹這いになった。カナダ娘は睾丸《こうがん》を口に含み、舌を閃《ひらめ》かせはじめた。

佳穂がディープスロートに移る。二人の愛人の顔は幾度もぶつかった。

「やっぱり、いつものパターンがいいな」

高杉が満足げに言い、腰を迫《せ》り上げた。

加納は薄く笑って、ホルスターから拳銃を引き抜いた。スライドを引く。

4

急に気が変わった。

いま和室に躍《おど》り込むのは、野暮というものだろう。加納はグロック32の銃口を下に向け、襖の隙間から淫靡《いんび》な光景を眺めつづけた。

「準備完了だ」

高杉が嬉しそうに二人の女に告げた。

佳穂とディオンヌが相前後して顔を上げ、並ぶ形で獣の姿勢をとった。敷き蒲団の上だった。どちらもヒップを突き出している。

高杉が上体を起こし、猛《たけ》ったペニスを二人の女の秘部に交互に挿入した。荒々しい抽送がつづく。

やがて、高杉は果てた。佳穂とディオンヌが腹這いになった。高杉が畳の上に坐り込み、煙草に火を点ける。

加納は襖を一気に開け、座敷に入った。

「誰だ⁉」

高杉が喫《す》いさしの煙草を自分の太腿に落とし、反射的に立ち上がった。性器は力を失っていた。

佳穂が火の点いた煙草を畳から抓《つま》み上げ、枕元の灰皿に投げ込む。ディオンヌが加納に顔を向けてきた。

「あなた、泥棒？」

「そうじゃない。高杉に訊きたいことがあるだけだ」

「そのハンドガン、本物みたいね。グロックでしょ？」

「ああ、そうだ。きみたち二人は運が悪かったと思って、そのままま しばらく俯《うつぶ》せになってくれないか」

加納はディオンヌに言って、グロック32の銃口を高杉に向けた。

「まずトランクスを穿《は》け！」

「わかったよ」

高杉が自分のトランクスを抓み上げ、下腹部を隠した。

「『東京シンジケート』の笛木豪が、そっちの幼馴染みだってことはわかってる。それから、半グレ集団が各界の名士《セレブ》の子女や孫を麻薬とセックスの虜にして、その連中の親や祖父母から有価証券や不動産を超安値で手に入れ、転売でボロ儲けしてることも調べ上げた」

「おまえ、何者なんだ⁉」

「一匹狼のスキャンダル・ハンターさ。そのほかの自己紹介は省《はぶ》かせてもらう」

「狙いは何なんだっ」

「せっかちだな。そっちが束ねてる『遊牧民《ノマド》の会』のことも調べ上げた。研究者や学者になれなかった連中を唆《そその》かして、大企業のコンピューターにウイルスを撒かせながら、善人面してセキュリティーのノウハウを高額で売ってる。マッチ・ポンプでだいぶ稼げたはずだ」

「われわれは、そんな悪いことはしてない」

「よく言うな。『遊牧民《ノマド》の会』が手形による商品詐欺、中小企業が活用できる助成金の不正受給、傷害保険・旅行盗難保険詐欺を働いてる証拠も押さえてある」

加納は、はったり《ブラフ》を口にした。高杉が何か言いかけたが、言葉は発しなかった。

「そっちはメンバーから、儲けの二割を上納させてる。だから、南平台の豪邸やセカンドハウスを借りられ、元グラドルとカナダ人女性をセックスペットとして飼えるわけだ」

「セックスペットだって⁉　失礼なことを言うな。どっちも恋人だぞ」

「そういうことにしといてやろう。そっちは、インターネット・カジノ店でも荒稼ぎしてるな」

「何なんだ、それは？」

「下手な芝居はよせ！　東京駅の近くの雑居ビルでカジノ店をやってても、その筋の連中にはあやつけられる心配はない。そっちは、商才がありそうだな」

「そんなことまで知ってるのか」

高杉が長嘆息《ちようたんそく》した。

「調べ上げたのは、それだけじゃない。そっちは笛木と共謀して、いずれ裏社会を牛耳る気らしいな」

「われわれ二人で、そんなことできるわけないだろうが！　あんた、頭がおかしいんじゃないのか。暗黒社会には何人も顔役がいるんだぞ。首都圏は関東やくざたちが支配してるし、西の最大勢力も東京に進出してる。連中は保守系の大物政治家、右翼の親玉、悪徳財界人、一部の警察官僚、検察庁高官とも繫《つな》がってるんだ」

「『東京シンジケート』だけでは、そうした連中を排除することは難しいだろう。しかし、勢力を拡大したがってる不良外国人たちの協力が得られれば、野望は遂げられるかもしれない。少なくとも、可能性はゼロじゃないはずだ。笛木豪は少数派の不良アフリカ人、パキスタン人、ベトナム人グループ、タイ人グループと接触してるようだな」

「えっ、そうなのか⁉」

「空とぼけるなって。そっちが知らないわけない。少数派の不良外国人混成チームを使って、関東御三家の総長や理事たちを皆殺しにする気なんじゃないのか。神戸連合会の仕業《しわざ》に見せかけてな」

「おれたち二人は、やくざ狩りなんか考えてない」

「うっかり口を滑らせてくれたな」

「くそっ、誘導尋問だったのか⁉」

「仮に関東やくざの御三家をぶっ潰すことができても、関西の最大勢力と闘わなきゃならなくなる。そっちは、もっとでっかいことを考えてるんだろう？」

「でっかいこと？」

「そうだ。そっちは、国家を私物化してる政官財の要人やフィクサーたちの暗殺を企んでるようだな。世直しの必要があると『遊牧民《ノマド》の会』のメンバーに説いてるそうじゃないか」

「誰がそんなことを言ったんだ⁉　裏切り者の名を教えてくれ」

「それは、できないな。そっちが笛木や不良外国人混成チームを焚《た》きつけて何をしても、おれには関係ない。しかし、真実を暴こうとした硬派なノンフィクション・ライターを抹殺したことには目をつぶれないな」

加納は際《きわ》どいことは承知で、鎌をかけてみた。

「あんた、何を言ってるんだ？」

「白々しいな。十一月二日の夜、歌舞伎町の裏通りで刺殺された堀越勇介のことを言ってるんだよ。堀越は、笛木やそっちの悪事を暴く気だったんだろう」

「堀越なんてライターが接近してきたことはないぞ」

「シラを切るつもりか。そっちが誰かに堀越を殺《や》らせて、元システムエンジニアの清水秀一を身替り出頭させたんじゃないのかっ。しかし、警察は清水は身替り犯と睨み、釈放した。そっちは清水の雇い主が知れることを恐れ、第三者に清水を高浜運河に突き落とさせた。まったく泳げない清水は溺死してしまった。そうなんだろうが？　違うかっ」

「何を根拠に他人《ひと》を罪人扱いするんだ。ふざけるな！」

高杉が怒りを露《あらわ》にした。演技をしているようには見えなかった。筋の読み方が違っていたのか。

「もっともらしいことをあれこれ言ったが、あんたの狙いは金なんだろ？『遊牧民《ノマド》の会』が何か違法なことをしてるという証拠があるんだったら、それを出してくれ」

「悪事の裏付けは押さえてる。しかし、そっちを強請《ゆす》る気はない。おれは、堀越殺しの首謀者を突きとめたいだけだ」

「あんた、堀越とかいうノンフィクション・ライターの身内か友人なの？」

「好きなように考えてくれ」

加納は腰を落とし、足許から毛布を拾い上げた。グロック32の銃身に毛布を三重に巻きつける。

「撃つ気なのか⁉」

高杉が尻を使って後方に退《さ》がった。怯《おび》えた表情だった。

「わたしたち二人も撃つ気なの？」

佳穂が震え声で加納に訊《き》いた。

「いや、きみらに発砲はしない。とばっちりを受けることになった二人には済まないと思ってるよ」

「本当に撃たないで。わたし、あなたに抱かれてもいいわ」

「佳穂、正気なのか⁉」

高杉が目を剝《む》いた。

「怒らないでよ。わたし、まだ死にたくないわ。ディオンヌだって、射殺されるぐらいなら、セックスをさせてもいいと思ってるはずよ」

「わたし佳穂と同じ気持ちね」

「ディオンヌまでそんなことを言うのか!?　二人とも、もうお払い箱だ」

「お払い箱？　わたし、その日本語わからない」

ディオンヌが佳穂の肩を指でつついた。

「きみらは黙っててくれないか」

加納は女たちに言って、高杉に声を投げた。

「いま笛木はどこにいる？　きのうもきょうも、鳥居坂のマンションには戻ってない。そっちなら、知ってるにちがいない」

「知らないよ。ここ数日、あいつとは連絡を取り合ってないんだ」

「正直に答えたかどうか、体に訊《き》いてみよう。急所は外してやるよ」

「撃つな！　引き金を絞らないでくれーっ」

高杉が右手を前に突き出し、壁まで後退した。

加納は、グロック32の引き金《トリガー》を一気に引いた。毛布の中で、くぐもった銃声がした。佳穂とディオンヌの悲鳴が重なった。放った銃弾は、高杉の頭上の壁に埋まった。

「わざと的《まと》を外したんだが、次は右肩を撃つ」

加納は銃把に左手を添えた。

「笛木は、知り合いのパキスタン人の自宅マンションにいるはずだよ」

「そのパキスタン人の名前は？」

「ハシム・ラーマンという名で、三十七、八だよ。自宅は新宿区余丁町《よちょうまち》にあるらしい。マンションの名は『余丁町エルコート』だったかな。ラーマンは五〇三号室を借りてるって話だったよ」

「笛木は、ハシム・ラーマンとはどういうつき合いをしてるんだ？」

「よくわからないよ。笛木はチャイニーズ・マフィアや不良イラン人グループは嫌ってるが、ナイジェリア人、ガーナ人、タイ人、ベトナム人、フィリピン人の連中とは親しくしてるんだ」

「で、そっちは少数派の不良外国人たちを使って、何かやろうとしてるんだな？」

「まだ、そんなことを言ってるのか。そういった外国人とつき合ってるのは、笛木だけだよ。おれは、その連中とは会ったこともないんだ。信じてくれよ」

　高杉が弱々しい声で言った。

　加納はグロック32から毛布を剝いだ。穴が開き、その縁は焦げている。

　薬莢が足許に落ちていた。加納は手早く薬莢を回収し、寝室を出た。侵入ルートを逆にたどって、建物の外に出る。

加納はランドローバーに乗り込み、笛木の潜伏先に向かった。

『余丁町エルコート』を探し当てたのは、およそ三十分後だった。加納は車を路上に駐《と》め、ハシム・ラーマンの自宅マンションに急いだ。

表玄関はオートロック・システムにはなっていなかった。勝手にエントランスロビーに入り、五階に上がる。

加納はクリーム色のドアに耳を寄せた。

五〇三号室は無人のようだ。念のため、ピッキング道具を使って室内に忍び込む。やはり、部屋には誰もいなかった。

高杉が苦し紛《まぎ》れに嘘をついたのか。そうとは思えない。笛木はハシム・ラーマンというパキスタン人と一緒に外出したのではないか。少し車の中で張り込んでみるべきだろう。

加納はランドローバーに駆け寄った。

ドア・ロックを解いたとき、首の後ろに何かが突き刺さった。吹き矢のようだ。矢には、アンプルが装着されていた。

加納は首の後ろに手を当てながら、振り向いた。矢筒を握った外国人の男がにたついている。色が浅黒く、彫りが深い。パキスタン人だろう。

「ハシム・ラーマンか？」

「それ、正しくない。わたし、ナイズ・シャリフという名ね。ラーマンさん、わたしたちのボスよ」

相手の男がたどたどしい日本語で答えた。

「不良パキスタン人グループの一員か」

「わたし、別に悪いことしてない」

「ラーマンは、笛木豪を匿《かくま》ってたんだろ？　二人はどこにいる？」

「それ、言えないよ」

「くそったれ！」

加納は、アンプルを抱えた矢を引き抜こうとした。と、鋭い痛みに見舞われた。

「鏃《やじり》には返しが付いてる。だから、引っ張っても抜けないね」

「アンプルの中身は麻酔液なのか？　それとも、毒液なのかっ」

「毒液だったら、おまえはもう死んでる。アンプルの中に入ってるのは、チオペンタール・ナトリウムね。おまえ、眠くなるだけ」

シャリフが笑った。その笑顔が揺れて見えた。加納は目が霞み、全身が痺《しび》れはじめた。

数秒後、視界が歪《ゆが》んだ。ほとんど同時に、加納の意識は混濁《こんだく》した。

それから、どれほど経過したのだろうか。

加納は、ふっと我に返った。自動車解体工場のコンクリートの床に俯《うつぶ》せになっていた。手足は縛られていなかった。

すぐ近くに血みどろの電動鋸《チェーンソー》が転がっていた。手の甲が赤い。返り血が点々と散っている。加納は驚いて、半身を起こした。衣服は血塗《まみ》れだった。

二つのクレーンから吊《つ》るされているのは、高齢の男たちだった。片方は民自党の元老の大曽根善行《おおそねよしゆき》だ。元総理大臣は九十六歳だが、いまも政界のご意見番である。というよりも、政権党を裏で操作している怪物だ。

大曽根の胴はチェーンソーでおおむね切断され、皮一枚で辛《かろ》うじて繋がっている状態だった。上半身の切断面からは腸《はらわた》が垂《た》れ、いかにも惨《むご》たらしい。

隣のクレーンからぶら提《さ》がっているのは、かつて政商と呼ばれていたフィクサーの坂東《ばんどう》洋佑《ようすけ》だった。九十四歳の高齢だが、銀髪は豊かだ。

坂東も大曽根と同じように、胴を切り落とされかけていた。むろん、どちらもすでに息絶えていた。工場内には濃い血臭が漂っている。

加納はむせながら、立ち上がった。

ショルダーホルスターは空だった。警察手帳と手錠は抜かれていなかったが、特殊警棒は奪われていた。

解体工場のドアが開けられた。

入ってきたのはナイズ・シャリフだった。グロック32を握っている。

「おまえ、刑事《コップ》なのに、悪人ね」

「悪人？」

「そう。おまえ、『殺さないでくれ』と命乞いしてた年寄りたちの胴にチェーンソーのセレーションを当てた。残酷ね。わたし、この目で見てた」

「てめえが二人を殺《や》ったのか？」

「そうじゃない。大曽根と坂東を死なせたのは、おまえね」

「おれを撃つ気か」

加納は身構えた。

「それ、面白くないね。生きたまま圧縮板の間に突き落として、車みたいにぺっちゃんこにしてやる。その前に、クレーンから外した二つの死体をプレス機の底に落としてもらう。わたし、血だらけになりたくないよ」

「ここは、てめえの自動車解体工場なのか？」

「そう。わたしの工場よ。足立区の外れね、ここは」

「笛木に頼まれて何人かの仲間と一緒に大曽根と坂東を拉致《らち》して、チェーンソーで二人の胴を切断したんだなっ」

「わたしたち、ラーマンさんに指示されたことを知り合いのタイ人やフィリピン人とやっただけ。ラーマンさんに依頼人のことまで、わたし、訊けないよ」

「ハシム・ラーマンは少数派の不良ナイジェリア人、ガーナ人、パキスタン人、タイ人、ベトナム人、フィリピン人を束《たば》ねて、笛木に協力してるようだな」

「その質問にはノーコメントよ。わたし、何も言えない。それよりも、おまえ、チェーンソーを持ち上げて、死んだ男たちの胴体を完全に切断しなければならない。それ、わたしの命令ね。言われた通りにしないと、このピストルでおまえの頭をシュートしちゃうよ。それでも、いいか？」

「指示に従うよ」

「そうか。なら、早くチェーンソーを持ち上げて！」

シャリフが急《せ》かす。

加納は電動鋸を両手で摑み上げた。スイッチを入れると、鋸歯が動きはじめた。加納はクレーンの下まで行く振りをして、体をハーフスピンさせた。

次の瞬間、チェーンソーを投げ放った。狙ったのはシャリフの利き腕だった。チェーンソーはパキスタン人の右腕を切り落とした。

シャリフの片腕がコンクリートの床に落下する。グロック32は握られたままだった。暴発はしなかった。セーフティー・ロックは外されていないようだ。

シャリフが左手で右腕の切断面を押さえながら、体を左右に振った。激痛に奥歯を喰いしばって、唸りつづけていた。

加納は自分の拳銃を奪い返し、セーフティー・ロックを外した。銃口をシャリフの側頭部に押し当てる。

「笛木とラーマンは、どこにいるんだ？」

「わからない。少し前までタイ人のスパチャイ・チュムポーンとフィリピン出身のエンリレ・ブブアンが事務所にいたけど、もう二人とも帰ったよ」

「おまえら三人が大曽根と坂東を拉致して、二人をクレーンに吊るしたんだな？」

「そう。痛くて、気が遠くなってきた。もう喋れない」

「チェーンソーは誰が使ったんだ？」

「わたしね。ラーマンさんにそうしろと言われてた。あなたの車、事務所の前にあるよ」

シャリフは言いながら、白目を見せはじめた。ほどなく意識を失った。

別働隊に後の処理を頼まなければならない。加納は拳銃をホルスターに収め、上着の内ポケットから刑事用携帯電話《ポリスモード》を取り出した。

第五章　恐るべき密謀

1

猛烈に寒い。

体の芯《しん》まで冷え切っている。加納は、足立区綾瀬《あやせ》にある救急病院の非常階段昇降口近くの暗がりに身を潜めていた。

間もなく午前零時になる。

救急病院の三階の病室には、加納が自動車解体工場の事務所の固定電話で呼んだ救急車で搬送されたナイズ・シャリフが入院している。右腕の縫合《ほうごう》手術は、ぎりぎりで間に合った。

加納は別働隊が到着する前に事務所の冷蔵庫から氷塊を取り出し、シャリフの切断された腕を冷やしつづけたのだ。あと三十分放置していたら、神経細胞は壊死《えし》していたらしい。

救急車が到着する寸前まで、加納は別働隊のメンバーとともに半《なか》ば意識を失いかけているナイズ・シャリフを厳しく取り調べた。

シャリフはタイ人のスパチャイ・チュムポーンとフィリピン人のエンリレ・ブブアンの三人で大曽根善行と坂東洋佑を散歩中に拉致して、自動車解体工場内で殺害したことを素直に吐いた。だが、ハシム・ラーマンの背後にいる人物のことは頑《かたく》なに明かさなかった。

加納は、本庁機動捜査隊と所轄の綾瀬署の刑事たちが臨場する前に事件現場から遠ざかった。

その後、別働隊のメンバーから加納に報告があった。ナイズ・シャリフは、本庁や所轄署の捜査員にもハシム・ラーマンの雇い主については一切《いっさい》語らなかったそうだ。

大曽根善行と坂東洋佑が殺害されたニュースは、マスコミで何度も報じられた。ラーマンか、背後の黒幕はナイズ・シャリフの口を塞《ふさ》ぐ気になるのではないか。

加納はそう推測し、この場所で二時間あまり張り込んでいる。シャリフの病室の前には綾瀬署の署員たちが立っているが、不良外国人は怯《ひる》まないだろう。

夜のうちに刺客がシャリフの病室に接近し、民自党の元老とフィクサーを殺した実行犯グループのリーダーの口を封じるにちがいない。すでに共犯のタイ人とフィリピン人は始末されている可能性もある。

加納は足踏みしながら、黒いダウンパーカの襟《えり》を立てた。

ちょうどそのとき、懐で刑事用携帯電話が振動した。張り込む前にマナーモードに切り替えてあったのだ。加納はポリスモード《ポリスモード》を摑み出し、発信者を確かめた。三原刑事部長だった。加納は経過を伝えてあった。

「ナイズ・シャリフの入院先に不審者の影は？」

「まだ怪しい人影は見当たりません」

「そうか。大久保通りにあるタイ料理店から出てきたスパチャイ・チュムポーンがゴリラのゴムマスクを被った男に至近距離から撃たれ、即死したらしい。組対部の情報によると、三十八歳の被害者は不良タイ人グループのリーダーで、パキスタン人のハシム・ラーマンと親しかったそうだ」

「やはり、ナイズ・シャリフの共犯者《レツ》は消されましたか。おそらく、もうひとりの仲間のフィリピン人も……」

「エンリレ・ブブアンも、百人町《ひゃくにんちょう》の自宅アパート近くの路上でゴリラのゴムマスクの男に射殺されたよ。額と胸を撃たれてね。一発は貫通してたんで、ライフルマークから凶器が特定されたんだ」

「犯行に使われた銃器は何だったんです？」

「パキスタン製のGMBモデルADCOM《アドコム》コブラという大型拳銃だそうだ。旧ソ連のトカレフを改良したハンマー露出式のシングル・アクションらしい」

「パキスタン製のハンドガンは、ほとんど日本には持ち込まれてません。おそらく射殺犯は、不良パキスタン人グループの一員なんでしょう」

「だろうな。スパチャイ・チュムポーン殺しにも同一の拳銃が使われたはずだ」

「ゴリラのゴムマスクを被った犯人《ホシ》は、ハシム・ラーマンの指示で不良タイ人とフィリピン人の口を塞《ふさ》いだんでしょう。ハシム・ラーマンは当然、入院中のナイズ・シャリフも片づける気でいるにちがいありません」

「そうだろうな。ゴムマスクの男が綾瀬の救急病院に忍び込むかどうかはわからないが、きっと誰かがナイズ・シャリフを殺《や》ると思う」

三原がいったん言葉を切って、すぐに言い重ねた。

「組対部の情報によると、『東京シンジケート』の笛木豪が少数派の不良外国人たちを団結させて何かで使う気でいたらしいんだよ。しかし、どうも関東のやくざ狩りや中国人マフィアを潰すことを企んでたわけじゃないようだな」

「最初はそう推測してたんですが、どうやらそれが目的ではなかったみたいですね。日本の政治や経済を裏で動かしてた大曽根善行と坂東洋佑が殺害されたわけですから」

「笛木が『遊牧民《ノマド》の会』のボスの高杉とつるんでることは間違いないな。おそらく二人は、国家を私利私欲で動かしてる有力者をひとりずつ抹殺する気なんだろう」

「そうなのかもしれません。仮に裏社会の首領《ドン》たちを始末しても、この国はさほど変わらないでしょう。堕落した有力者たちを一掃しなければ、日本は再生できません」

「そうだろうね。過激派の各セクトが手を結んで、不良外国人混成チーム、半グレ集団、『遊牧民《ノマド》の会』をうまく利用して、大物の政財界人を葬らせる気なんじゃないだろうか。あるいは、万年野党に甘んじてきた日本革新党か第三極になり損なった平成維新の会あたりが強引にガラガラポンを狙ってるのかな。加納君、どう思う？」

「いま三原刑事部長が挙げた組織や政党が現体制をぶっ壊さないと、変革ははじまらないと考えてることは間違いないでしょう。しかし、どの団体も自分たちの思想や政策が多くの国民にはまだ支持されてないことを自覚してるはずですよ」

「だから、過激な行動には走らないだろうってことか」

「ええ」

「そうかもしれないな」

「刑事部長、大曽根善行と坂東洋佑の遺体《ロク》は所轄署に安置されてるんですね？」

「そうなんだ。明日の午前中に遺体《ホトケ》は綾瀬署から東京都監察医務院に運ばれて、司法解剖されることになってる。超大物の二人が殺害されたんで、綾瀬署は報道関係者に取り囲まれてるそうだよ。被害者の二人と関わりのあった右寄りの政治結社の連中が押しかけて、初動捜査情報を教えろと署長に迫ってるらしい。犯人に見当がついたら、行動右翼の若い者《もん》は報復殺人をするかもしれないな」

「そんな凶行が起こったら、警察の敗北です。たとえ外部から圧力《アツ》がかかっても、部外者に捜査情報を洩らさないでほしいですね」

「立浪警視総監が直々《じきじき》に綾瀬署に電話をされて、署長に捜査情報を誰にも教えるなと釘をさされたから、漏洩《ろうえい》の心配はないだろう」

「そういうことなら、大丈夫でしょう」

「ナイズ・シャリフの病室に侵入しそうな不審者がいたら、必ず取っ捕まえてくれ。そいつが口を割れば、本部事件は解決するだろうし、大曽根や坂東を殺害した首謀者もわかるだろうからな」

「そうでしょうね。いったん電話を切ります」

加納は通話終了キーを押し、ポリスモードを懐に戻した。

特殊警棒を引き抜き、右手で握りしめる。特殊警棒は自動車解体工場の事務所にあった。意識を失っている間に奪われたグロック32の実包は、一発も減っていなかった。シャリフが一度も発砲しなかったことは間違いない。

数十分が過ぎたころ、闇の向こうで人影が動いた。

加納は非常階段の横の暗がりに身を隠した。目を凝《こ》らす。ナース服の上にキャメルのダッフルコートを羽織った人物が大股で昇降口に近づいてくる。

女性にしては、大柄だった。肩幅も広い。ただ、髪は長かった。やはり、女なのか。

相手は加納に気づかない様子だ。あたりを見回してから、静かに非常階段を昇《のぼ》りはじめた。中腰のまま、忍び足でステップを上がっていく。

どう見ても、怪しかった。ナースなら、堂々としているはずだ。それ以前に真夜中に非常階段を利用すること自体がおかしい。

女装した刺客《しかく》なのではないか。相手の顔はわずか数秒しか見ていないが、目鼻立ちが男っぽかった。しかも色黒で、彫りが深い。日本人ではなさそうだ。パキスタン人かもしれない。

不審な人物は早くも踊り場に達し、二階に向かっている。

加納は、逸《はや》る気持ちを抑《おさ》えた。すぐに不審者を追ったら、覚《さと》られるにちがいない。

偽のナースと思われる者が二階に達したのを見届けてから、加納は身を屈《かが》めて階段を昇りはじめた。猫のように足音を忍ばせながら、ステップを一段ずつ上がる。息も詰めた。

やがて、加納は二階と三階の中間にある踊り場に到達した。

怪しい人物は非常扉にへばりつき、右手を小さく左右に動かしている。ピッキング道具を操《あやつ》っているのだろう。

加納は二段跳《と》びで、三階に駆け上がった。

不審者が体ごと振り返った。加納は特殊警棒のスイッチボタンを押した。

三段の振り出し警棒が小さな音をたて、一気に伸びる。その先端は相手の眉間《みけん》を直撃した。怪しい人物が呻いた。女の声ではなかった。加納は、腰が砕《くだ》けた相手の頭部を思うさま叩いた。

不審者が唸《うな》って、尻《しり》から落ちた。弾みで、セミロングのウイッグが大きくずれた。

やはり、女ではなかった。

加納は相手の喉笛のあたりを蹴った。男が蛙のような声を発し、横に転がった。ウイッグが頭から落ちる。

「パキスタン人だな？」

加納は確かめた。

相手が横たわったまま、右手を腰に回した。加納は特殊警棒を左手に持ち替え、素早くグロック32を引き抜いた。

セーフティー・ロックを外し、銃口を相手のこめかみに突きつける。そうしながら、加納は不審者のベルトの下からコマンドナイフを革鞘《かわざや》ごと引き抜いた。

「シュートしないで！　まだ死にたくないよ。わたし、三十二になったばかりね」

「ハシム・ラーマンの手下か？」

「そう、そうね。ラーマンさんにはいろいろ世話になった。だから、命令されたことに逆《さか》らえなかったよ」

「なんて名だ？」

「ハサン・ムジブルね」

「おまえがタイ人のスパチャイ・チュムポーンとフィリピン人のエンリレ・ブブアンをパキスタン製のピストルで射殺したのか？」

「それ、違うよ」

ムジブルが言った。

加納は特殊警棒を腰に戻した。ついでに、押収したコマンドナイフをベルトの下に差し込む。グロック32を構え直したとき、ムジブルが短い沈黙を先に破った。

「わたし、誰も撃ってないよ」

「本当だな?」

「ラーマンさんに命じられてタイ人とフィリピン人を撃ち殺したのは、アスカリ・リズビという元軍人ね。射撃の名人よ」

「この病院に入ってるナイズ・シャリフは不良タイ人やフィリピン人と一緒に大曽根善行と坂東洋佑を拉致して殺したと言ってたが、それは事実なんだな」

「本当よ。でも、シャリフは警察に捕まっちゃったね。二人の超大物を殺害したのがシャリフたち三人とバレちゃったら、ラーマンさんは都合が悪くなる」

「だから、不良パキスタン人グループのボスはそっちにシャリフを始末してこいって命じたんだな」

「そう。オーバーステイしてるパキスタン人に割のいい仕事はない。割の悪い仕事にしかありつけなかった。それも安いお金で扱《こ》き使われてたね。でも、ラーマンさんはわたしたち同国人にお金になる仕事を回してくれた。それだから、わたしたちの暮らしはよくなった。日本の法律に触れる商売《ビジネス》の手伝いをさせられてるけど、とっても豊かな生活ができるようになったよ。ありがたい話ね」

「ハシム・ラーマンは親分肌なのかもしれないが、失敗《ドジ》を踏んだ仲間は平気で斬り捨てるんだから、根は冷血漢なんだろう」

「パキスタン人グループだけでは、日本で荒稼ぎはできない。ラーマンさんは知恵が回るね。パキスタン人グループが生き残るには、いろんなタイプの日本人と組まなきゃならない。ラーマンさん、そう考えたよ」

「そうなんだろうな」

「でも、ラーマンさんは日本のやくざを信用してない。以前、ある組に頼まれてアフガニスタンの武器商人から自動小銃《ライフル》、短機関銃《サブマシンガン》、拳銃《ハンドガン》を買い入れてあげたのに、約束の代金をちゃんと払ってくれなかった。別の組は、ロケット・ランチャーや手榴弾《しゆりゆうだん》の代金を踏み倒して、ラーマンさんを射殺しようとしたね」

「そんなことがあったんで、ラーマンは半グレ集団を仕切ってる笛木豪と親しくつき合うようになったわけか」

「そう」

「二人はどんなきっかけで親しくなったんだ？」

「ラーマンさんは、ナイジェリア人グループのチャンボ・オドンゴというボスに笛木さんを紹介されたね。それから、ガーナ人グループのボスのオネママス・エモスさんにも引き合わせてもらったよ」

「そうか」

「ナイジェリア人のオドンゴさんは、タイ人グループのボスのスパチャイ・チュムポーンさんやフィリピン人グループのリーダーのエンリレ・ブブアンさんとも顔見知りだったね」

「笛木は、オドンゴに少数派の不良外国人は団結して日本の暴力団、チャイニーズ・マフィア、不良イラン人グループに対抗すべきだとアドバイスしたんじゃないのか？」

加納は訊《たず》ねた。

「あなた、凄い！　その通りね。ラーマンさんもそう考えてたんで、ナイジェリア人、ガーナ人、タイ人、ベトナム人、フィリピン人のグループと同盟を結んだ。でも、混成チームの勢力を拡大するには軍資金が必要ね」

「で、少数派不良外国人混成チームは笛木豪だけじゃなく、『遊牧民《ノマド》の会』の高杉亮太にも協力するようになったのか」

「笛木さんが高杉さんと仲がいいことはラーマンさんから聞いたことがあるけど、わたしたちはいつも笛木さんに頼まれたことをやってきただけ」

「たとえば、どんなことをしてたんだ？」

「笛木さんが手に入れた商業ビルやマンションからすぐに立ち退《の》かない借り手を怖がらせ

たり、エレベーターの中で小便をしたりしたね」

「高杉に何か頼まれたことは一度もないのか」

「そうね。でも、今回の超大物を拉致して殺した件は笛木さんだけの依頼ではないみたいよ」

「なぜ、そう思う?」

「ラーマンさんは笛木さんに連れられて、ナイジェリア人のチャンボ・オドンゴさんと南平台にある高杉さんの家に行ったとわたしたちに話してくれたよ。詳しいことは教えてくれなかったけど」

「そうか」

「わたし、ナイズ・シャリフの息の根を止めないと、グループにいられなくなる。それどころか、仲間のパキスタン人に殺されてしまうかもしれないね。あなたに持ってるお金もそっくり渡すよ。いま、十二万円ちょっと持ってる。だから、この非常口から病院の中に入らせて」

「シャリフの病室の前には、二人の警察官が立ってる。シャリフも口を封じられるかもしれないんで、警察は警戒してるわけさ」

「そうなら、病室に近づいたら、わたしも捕まってしまう」

「そうなるだろうな」

「あなた、警察の人じゃない？　あっ、ナイズ・シャリフを捕まえたのはあなたなんじゃないの？」

「グロック32を持ってる刑事なんか、日本にはいないよ。おれは探偵さ。先月の二日の深夜に歌舞伎町の裏通りでダガーナイフで刺し殺されたノンフィクション・ライターの堀越勇介の遺族の依頼で、犯人を捜してるんだ」

「ふうん、そうなの」

ムジブルは嘘を真《ま》に受けた様子だ。

「笛木か高杉が不良外国人たちの誰かに堀越というノンフィクション・ライターを殺させたかもしれないんだ。ボスのハシム・ラーマンから何か聞いてないか？」

「わたし、何も聞いてない」

「清水秀一という名をボスや仲間から聞いた記憶もないか？」

「ないよ。その清水というのは誰なの？」

「堀越を刺殺した犯人だと警察に出頭した男だが、身替り犯だったにちがいない。釈放された二日後、運河に落ちて溺死したんだよ。他殺の疑いが濃いんだ」

「そう。ラーマンさんはもちろん、仲間の誰からも二人の話は聞いたことがないね」

「わかった。ハシム・ラーマンは余丁町の自宅マンションにいなかったんだが、どこにいるか見当がつかないか？」

「わたしには、四谷の『イスラマバード』というパキスタン料理の店にいると言ってた。シャリフを片づけてくれたら、その店で少しまとまった成功報酬を渡してくれることになってたね」

「その店に案内してもらおうか」

「わたし、行きたくないよ」

「立つんだっ」

加納はムジブルを摑み起こし、先に階段を下《お》りさせた。二階と一階の中間にある踊り場に下りたとき、ムジブルが頭から階段を転げ落ちた。

銃声は聞こえなかったが、被弾したことは間違いない。昇降口のあたりで、点のような銃口炎《マズル・フラッシュ》が瞬《またた》いた。消音器を装着した拳銃を構えているのは大柄な黒人男性だった。不良ナイジェリア人か、ガーナ人だろうか。

「撃つぞ！」

加納はグロック32を突き出した。黒人は一瞬ためらってから、身を翻《ひるがえ》した。

ムジブルは階段の中ほどまで転げ落ちていた。加納は、そこまで駆け下りた。ムジブルは前頭部を撃ち砕かれていた。加納はムジブルの手首に触れた。脈動は熄《や》んでいた。

加納は一階まで一気に下《くだ》った。

救急病院の外に走り出る。逃げる人影はどこにも見当たらない。

加納はダウンパーカの裾でグロック32を隠しながら、付近一帯を駆け回ってみた。しかし、ムジブルを射殺した巨身の黒人の姿は掻《か》き消えていた。

2

徒労に終わったらしい。

数軒先にある『イスラマバード』は、シャッターが下ろされたままだ。

加納は睡魔と闘いながら、徹夜で張り込んでみた。

綾瀬の救急病院から四谷に回ったとき、すでにパキスタン料理店は閉店していた。加納はシャッターに耳を寄せてみた。店内に人のいる気配はうかがえなかった。

そのうちにハシム・ラーマンが店に戻ってくるかもしれない。加納はそう考え、『イスラマバード』の近くにランドローバーを駐めて夜通し張り込んだのである。

だが、間もなく午前九時だ。不良パキスタン人グループのボスはハサン・ムジブルがいっこうに店に現われないので、自分の塒《ねぐら》に帰ったのかもしれない。

加納は車を発進させた。

新宿区の余丁町に向かう。ラーマンの自宅マンションに着いたのは十六、七分後だった。加納は車を『余丁町エルコート』の際《きわ》に停め、運転席を出た。陽光が眩《まばゆ》い。寝ていないからか、寒さが身にこたえる。

加納は急ぎ足でアプローチをたどり、マンションのエントランスロビーに入った。エレベーターで五階に上がり、ピッキング道具を抓《つま》み出す。

しかし、五〇三号室のドアはロックされていなかった。ハシム・ラーマンはいったん外出し、忘れ物に気づいて部屋に戻ったのだろうか。そうだとすれば、ラーマンは室内にいるはずだ。

加納はノブをゆっくりと回し、ドアを細く開けた。入室して、そっとドアを閉める。

部屋の中は静まり返っていた。物音一つしない。

加納は靴を履《は》いたまま、玄関ホールに上がった。間取りは2LDKだろう。短い廊下の先に居間がある。仕切りの白い格子戸は半開きだった。

加納は足音を殺しつつ、居間に入った。

十五畳ほどの広さで、薄暗い。カーテンでベランダ側のサッシ戸は塞《ふさ》がれていた。ソファセットの向こうから、男の両脚が覗いている。微動だにしない。

加納はソファセットを回り込んだ。

色の浅黒い外国人男性が仰向けに倒れている。ハシム・ラーマンだろう。顔面をもろに撃たれ、鼻柱は大きく欠《か》けていた。血糊に覆われ、造作も判然としない。

不意に加納は背中に硬い物を突きつけられた。

銃口よりも、二回《ふたまわ》りほど大きい。消音器の先端だろう。加納は靴の踵《かかと》で、背後にいる人間の向こう臑《ずね》を強く蹴った。すぐ横に跳《と》び、エルボーパンチを放つ。

肘《ひじ》打《う》ちは、相手の脇腹にめり込んだ。

加納は体の向きを変えた。前屈みになった大柄な黒人は、ハサン・ムジブルを射殺した男だろう。消音器を嚙ませたベレッタ92FSを握っている。

イタリア製の大口径ピストルで、ダブルアクションだ。フル装弾数は十六発である。

加納は相手の右手首を片手で摑み、ボディーブロウを見舞った。パンチは黒人男の腎臓《キドニー》に深く沈んだ。敵が呻く。

すかさず加納はショートアッパーで、相手の顎を掬《すく》い上げた。

骨と肉が鈍く鳴った。黒い肌の男がよろける。加納は消音器付きの高性能拳銃を奪った。相手は後方に引っ繰り返った。

「ナイジェリア人か？」

「日本語、わからない」

「そんなことはないだろうが！」

加納は親指の腹で撃鉄《ハンマー》を搔き起こし、無造作に引き金《トリガー》を絞った。

銃弾は相手の腰を掠《かす》めて、フローリングの床板にめり込んだ。コンクリートを穿《うが》つ音もした。巨身の黒人が短い声をあげ、身を縮めた。

加納は、床に落ちた薬莢を横に蹴った。

「次は太腿を撃つ！」

「わたし、ガーナ人よ」

「名前は？」

「エモスね」

「オネママス・エモスだな、不良ガーナ人グループのリーダーの」

「そう、そうね」

「ハシム・ラーマンをシュートしたのは、おまえだな？」

「………」

「撃たれたいのかっ」

「わたし、笛木さんに逆《さか》らえないよ。だから、ラーマンを撃ったね。それから、足立区の病院の非常階段の所で……」

「ハサン・ムジブルを射殺しろと命じたのも、笛木豪なのか？」

「そう。ラーマンは子分のシャリフを上手に使えなかった。笛木さんは、ムジブルがシャリフを消すことは難しいと思ったね。それだから、先にムジブルを始末して、その後にシャリフも片づけろと言ってた。でも、あなたに邪魔された」

「そういうことだったのか。民自党の元老とフィクサーの坂東をシャリフ、スパチャイ・チュムポーン、エンリレ・ブブアンの三人が拉致して殺したことが発覚するのを恐れて、笛木は実行犯たちをおまえに殺《や》らせる気になったんだな」

「そうね。笛木さん、ハシム・ラーマンも警察に捕まるかもしれないと不安がってた」

「それだから、おまえにパキスタン人グループのボスを殺《や》らせたわけか」

「わたし、ラーマンまで撃ちたくなかったよ。でも、気の合うナイジェリア人のオドンゴに笛木さんに貸しを作っといて損はないと言われたんで……」

エモスが上体を起こした。

「笛木は『遊牧民《ノマド》の会』の高杉亮太と共謀して、何をしようとしてる？」

「そういうこと、わたしたちはわからないよ。パキスタン、タイ、フィリピン、ベトナム、ナイジェリア、ガーナ出身の男たちはそんなにたくさんいない。笛木さんがアドバイスしてくれた通りにしないと、わたしたちは中国人やイラン人グループになめられつづける。だから、多国籍チームを結成したね」
「おまえらは、笛木にうまく利用されただけさ。『東京シンジケート』は半グレの集まりだが、やくざよりも悪賢《わるがしこ》いんだ。おまえらに利用価値がなくなったら、混成チームは潰されるだろう」

「そんなことさせない。笛木さんがわたしたちを裏切ったら、『東京シンジケート』のメンバーを皆殺しにしてやる」

「できるかな」

「やってやる。アフリカ人は怒ったら、すごく怖いよ。ナイジェリア生まれのオドンゴも同じね。彼は笛木さんをすぐには殺さないで、両手とペニスを切り落として、両目を抉《えぐ》ると思う。ベロも切っちゃうだろうね」

「好きにしてくれ。それより、笛木の居所を知らないか？」

「きのうまでラーマンに匿《かくま》われてたけど、いまは葉山《はやま》マリーナの近くにある『葉山シーサイドパレス』の八〇一号室にいる」

「そこは笛木のセカンドハウスなのか？」

「そう、そうね」

「腹這いになれ！」

加納はエモスに命令した。

エモスが観念した顔つきで、床に這う。加納はイタリア製の拳銃にセーフティー・ロックを掛け、コーヒーテーブルの上に置いた。

そのとき、エモスが身を起こそうとした。加納はステップバックし、ガーナ人の顔面を蹴った。歯の折れる音がした。

エモスがむせながら、鮮血に染まった前歯を吐き出した。一本ではなかった。三本だった。

「もう蹴るな。わたし、逃げない。約束するよ」

「また逃げようとしたら、蹴り殺すぞ」

加納はエモスの腰を押さえて、後ろ手錠を掛けた。それから三原刑事部長の官給携帯電話を鳴らし、ハシム・ラーマンが自宅マンションで射殺されたことを報告する。

「別働隊の者をただちに現場に向かわせよう」

「お願いします。ガーナ人の身柄を引き渡したら、葉山に向かうつもりです」

「捜査本部の者を『葉山シーサイドパレス』に向かわせたほうがいいだろう。きみは一睡もしてないんだから、疲れきってるはずだ。そうしよう」

「いえ、おれに行かせてください。笛木豪がセカンドハウスにいるかどうか未確認ですし、捜査本部事件に関与してるという確証も得てないんです」

「しかし、心証ではクロなんだろ？　堀越勇介は、笛木と高杉が共謀して何かとんでもないことを企んでることを嗅ぎ当てた。それで、どちらかに雇われた実行犯が堀越を歌舞伎町の裏通りで刺し殺した。笛木たちは清水を身替り犯にして、捜査の目を逸らそうとした。だが、それはうまくいかなかった。で、清水を水死させた。筋の読み方は、おおむね正しいんだろう」

「状況証拠から、そう推測できます。ただ、決定的な証言は得てませんし、物的証拠もありません」

「そうなんだが……」

「何か裏にからくりがあったら、誤認逮捕ということにもなりかねません。刑事部長、勇み足は避けましょう」

「慎重になるべきだろうが、笛木は完全にクロじゃないか。大曽根善行と坂東洋佑が自宅付近を散歩中にパキスタン人、タイ人、フィリピン人の三人組に拉致されて、足立区内の自動車解体工場で惨殺されたんだ」

「ええ、そうですね」

『遊牧民《ノマド》の会』のリーダーの高杉は、日本の再生のネックになってる有力者たちを抹殺して、自分たちが国の舵取りをする気になったんだろう。高杉の幼友達の笛木は同調して、汚れ役を引き受ける気になったにちがいないよ。といって、拉致や殺人で直《じか》に手を汚したくはなかった。それで、笛木は少数派の不良外国人混成チームを団結させ、勢力拡大の軍資金作りに励めと焚《た》きつけたんだろう」

「そうなんでしょうが、高杉たち二人で国家を私物化した政財界人、官僚、闇社会の顔役たちを一掃できると考えてるんでしょうかね。どちらも大物とは言えません」

「高杉や笛木のバックに、巨大な組織か意外な大物が控えてるんじゃないか。加納君は、そう筋を読んでるんだな？」

「ええ、そうなのかもしれませんよ。『東京シンジケート』も『遊牧民《ノマド》の会』も、ダーティー・ビジネスで手っ取り早く金を手に入れてるだけです。何か高邁《こうまい》な理念やイデオロギーなんか持ち合わせてはいないでしょう」

「暴走族《マルソー》上がりの笛木はともかく、インテリばかりの『遊牧民《ノマド》の会』の連中はこの国を立て直したいと考えてるんじゃないかね」

「メンバーのことはわかりませんが、高杉は俄成金《にわかなりきん》のような暮らしをしてます。南平台と高輪の豪邸を借りて、二人の愛人の面倒を見てます。車は高級なベントレーでした」

「裏ビジネスで荒稼ぎするまでは貧乏暮らしを強《し》いられたんだろうから、その反動で少し贅沢をしてるだけなんじゃないのか」

「何か高い志《こころざし》があったら、そこまで俗っぽくはならないと思います」

「そうかもしれないな。高杉たち二人の背後に思いがけないような組織が控えてるとしたら、現政権を苦々しく感じてる連中だろうね。関西財界人の中には民自党嫌いの者がいたな。日本医師会も県によっては政権党にそっぽを向いてる。それどころか、民自党国会議員の中には反原発を表明してる人間もいる。高杉たちを操ってるのは、いったいどんな組織なんだろうか」

「黒幕がいそうな気がしますが、具体的な組織や団体は見当がつきません」

「そうか」

「とにかく、笛木のセカンドハウスには単独で行かせてください」

「わかった。三十分以内に別働隊の者を『余丁町エルコート』に行かせるよ」

三原が通話を切り上げた。すると、ガーナ人が顔を上げた。

「あなた、刑事《コップ》だったのか。わたし、それ、知らなかったよ」

「みたいだな」

「笛木さん、何を考えてるのか教えてくれなかった。わたしたちは、指示されたことをやってただけ。報酬はちゃんと払ってくれてるんで、あれこれ訊かなかったね」

「そうか」

「わたし、日本の刑務所に入りたくない。ガーナに強制送還されるのも困るよ」

「おれを買収する気か？」

「わたしをすぐに逃がしてくれたら、あなたに一杯お金あげるよ。知ってることは全部、話してあげる。裏取引、オーケー？」

「ふざけるなっ」

加納は、エモスのこめかみを蹴りつけた。

肌の黒い大男が野太《のぶと》く唸った。加納は両手に布手袋を嵌め、ハシム・ラーマンの部屋をくまなく検《しら》べた。しかし、捜査本部事件に関わりのありそうな物は何も見つからなかった。

居間のソファに坐って五分ほど経過したころ、別働隊の四人が五〇三号室に入ってきた。

加納はソファから立ち上がって、四人に事の経過を話した。最も若い隊員がエモスの手錠を外し、仰向けにさせた。自分の手錠で両手を固定し、加納に手錠を差し出した。加納は礼を言って、自分の手錠を受け取った。

「エモスは綾瀬の救急病院でパキスタン人のハサン・ムジブルを消音器付きの拳銃で射殺したと全面自供したんですね？」

別働隊の副隊長が確かめた。

「ええ。ご面倒でしょうが、後はよろしくお願いします」

加納は四人を等分に見て、軽く頭を下げた。五〇三号室を出て、エレベーターに乗り込む。誰にも見られなかった。

加納はランドローバーに駆け寄り、すぐにエンジンを始動させた。葉山をめざした。

最短コースを選ぶ。目的地に着いたのは、一時間数十分後だった。『葉山シーサイドパレス』は、森戸《もりと》海岸に面していた。南欧風の外観の白いマンションだった。

加納は車を海岸通りの脇道に駐《と》め、『葉山シーサイドパレス』に足を向けた。いくらも歩かなかった。

表玄関はオートロック・システムではなかった。管理人室もない。加納は一階ロビーに入ると、まず階段で地下駐車場に下りた。

レモンイエローのポルシェ911カレラは、駐車場の左端に駐められている。笛木豪の車に間違いない。『東京シンジケート』を仕切っている男は、八〇一号室にいるだろう。

加納はエレベーターで八階に上がった。

笛木の部屋に近づくと、男の怒声が響いてきた。

「土下座したって、おれはてめえを絶対に赦《ゆる》さねえぞ」

「翔、頭を冷やせ！」

「気やすくおれの名を呼ぶんじゃねえ。てめえはおれよりも一個年上なだけだけど、総長の器《うつわ》だと思ったんで、ずっと尊敬してたんだ。けど、てめえはおれを虚仮《こけ》にしやがった」

「石倉、おまえは高杉さんの冗談を真に受けたんだな。綾人は、おれの子なんかじゃねえ。間違いなくおまえの子供だよ」

「てめえ、ばっくれるつもりなのかっ。てめえが綾人を異常にかわいがるんで、変だなとは感じてたんだ」

「石倉、誤解だって。おれは、おまえのことを実の弟みてえに思ってきたんだぞ。おまえの妻をコマしたりするわけないじゃねえか」

「おれは高杉さんが『そっちの息子と豪の目はそっくりだな。あいつに女房を寝盗《と》られたんじゃないのか』って言われたことが妙に気になったんで、おれたちの血液型と綾人の血液型を改めて調べてみたんだよ。おれたちからは絶対にB型の子は生まれない。てめえは、B型だよな？」

「そうだが、それだけで綾人の父親がおれだと極《き》めつけることはできねえぞ。DNA鑑定を……」

「動くな。ちゃんと正坐してろ！　足を崩したら、すぐにピンリングを引くぜ」

「石倉、おれは逃げも隠れもしねえよ。だから、その手榴弾をおれに渡してくれ」

「そうはいかねえ。笛木、よく聞け！　おれはな、妻を問い詰めたんだよ」

「えっ⁉」

「焦《あせ》りやがったな。妻は最初は否定しつづけてたよ。けど、ターボライターの炎を顔面に近づけたら、派手な夫婦喧嘩をした晩、てめえに上手に口説《くど》かれて抱かれたと告白した」

「ちっ」

「てめえは、その後もちょくちょく妻を抱いてたらしいじゃねえか。妻は浮気のことをおれに知られたくなかったんで、拒みきれなかったんだと泣き崩れたよ」

「石倉、おれが悪かった。奥さんと別れてくれ。綾人はおれたち二人が育てる。おまえには、十億の詫び料をキャッシュで払ってやる。それで、勘弁してくれや」

「銭《ぜに》で決着《オトシマエ》はつけられねえんだよっ」

「おまえ、おれを殺《や》る気なのか⁉」

「ああ。てめえは犬畜生以下だ。生きる価値はねえな」

「高杉さんは、なんだっておれの秘密をバラしたりしたんだ!? 　おれたちは共同戦線を張ってるのに」

「てめえを切る時期だと判断して、綾人の父親はおれじゃないと仄《ほの》めかしたんだろうよ」

「おまえがおれに仕返しするよう仕向けたのか、高杉さんは？」

「そうなんだろうな。頭《ペテン》のいい奴は、決しててめえの手は汚さねえから」

「くそーっ」

「死ね！」

石倉が喚《わめ》いた。

次の瞬間、笛木が凄まじい絶叫を上げた。加納はグロック32を構え、八〇一号室に飛び込んだ。ロックはされていなかった。土足のままで、奥の居間に走り入る。

コーヒーテーブルの近くに、笛木が転がっていた。その前頭部には、インディアン・トマホークと呼ばれている手斧《ておの》が深々と埋まっている。笛木は絶命していた。

「近寄るな」

石倉が言って、オリーブドラブの手榴弾のピンリングに右手の二本の指を掛けた。

「自爆する気か？」

「そうだよ。死にたくなかったら、部屋から出るんだな」

「その手榴弾をおれに渡すんだ。息子が自分の本当の倅《せがれ》じゃないとしても、そっちは綾人君の育ての父親じゃないか」

「綾人は笛木のガキだ。おれの息子じゃないっ。妻はおれを裏切ってたんだ。面倒を見る義務なんかねえよ。それに、おれは笛木を殺《や》っちまった。生きてても仕方ないじゃねえか」

「殺人罪は重いが、まだ三十代なんだ。やり直せるだろう」

「カッコつけるんじゃねえ。おれは、もう死ぬと決めたんだ。とばっちりを喰《く》いたくなかったら、早く部屋から出な」

「仕方がない」

加納はソファの背当てクッションを摑み上げ、銃口に当てた。

迷うことなく発砲する。狙ったのは石倉の右の肩口だった。銃声は、それほど大きくなかった。被弾した石倉は体を傾けながら、後方に倒れた。手から落ちた手榴弾は、加納の足許まで転がってきた。

「すぐに救急車を呼んでやる」

加納は手榴弾をダウンパーカのポケットに入れ、グロック32をホルスターに突っ込んだ。

コーヒーテーブルの上に、笛木の物と思われるスマートフォンが載《の》っていた。そのスマートフォンを摑み上げ、加納はすぐさま一一九番した。

電話が繋《つな》がった。加納は救急車の要請をすると、電話を切った。通報者の名を問われたが、むろん教えなかった。

加納はスマートフォンの指紋をハンカチで拭い、八〇一号室を出た。エレベーターホールで六、七分待つと、遠くから救急車のサイレンが響いてきた。

加納はエレベーターの下降ボタンを押した。

3

いつしか陽《ひ》が落ちていた。

加納は寝室を出た。自宅である。

葉山から帰宅すると、すぐベッドに潜《もぐ》り込んだ。それから泥のように眠った。

加納は居間に移り、カーテンで窓を塞《ふさ》いだ。長椅子に腰かけ、遠隔操作器《リモート・コントローラー》を使って四十二インチのテレビのスイッチを入れる。

画面には、半壊したビルが映し出された。見覚えがあった。なんと永田町《ながたちょう》にある民自党本部だった。

「繰り返しお伝えします。午後五時十五分ごろ、民自党本部が爆破されました。四階のトイレに時限爆破装置が仕掛けられていた模様で、建物の中にいた国会議員と職員を併《あわ》せて三十九人の方が爆死しました」

中継の男性記者が少し間《ま》を取り、実況をつづけた。

「亡くなられた議員のうち四人は、主要派閥の領袖《りようしゆう》でした。現職の閣僚が六人、元大臣らが七人亡くなられました。重軽傷は七十人に及ぶと思われます。すでにお伝えした通り、数十分前にも大手町《おおてまち》の全経連ビルが爆破され、十一人の財界人が亡くなられました。重軽傷者も多数いますが、まだ正確な数はわかっていません」

画面が変わった。

黒く焼け焦《こ》げた全経連ビルが映し出された。外壁は、あちこち崩れ落ちていた。中層のあたりは大きく抉《えぐ》られている。

「こちら、大手町の事件現場です。全経連ビルは無惨に爆破され、あたりにはコンクリートや強化ガラスの破片が飛び散っています。三階のエレベーターホール付近に仕掛けられたのは、軍事炸薬《さくやく》と思われます」

女性キャスターが興奮した声で、死亡した大物財界人の名を挙げはじめた。いずれも大企業の会長や社長だった。揃って民自党支持者だ。

民自党の元老の大曽根善行とフィクサーの坂東洋佑が三人の不良アジア人に拉致されて、惨《むご》い殺され方をした。そして民自党本部と全経連ビルが爆発され、多くの大物政財界人が死亡した。

大曽根たち二人の超大物をパキスタン人らに殺害させたのは、笛木豪だろう。その笛木は葉山のセカンドハウスで、石倉翔に殺された。

民自党本部と全経連ビルが爆破されたのは、笛木が殺された後《あと》だ。『東京シンジケート』のリーダーは、高杉亮太の従犯に過ぎなかったのだろう。その高杉は石倉を巧《たく》みに煽《あお》って、親しかった幼馴染みを始末させている。個人的な恨みがあったのではなく、高杉は保身本能から共犯者を亡き者にしたかったのだろう。

そうした小心者が、一連の事件の絵図を画《か》いたとは考えにくい。高杉も、笛木と同じように単なる〝駒〟だったと思われる。

捜査本部事件の被害者の堀越勇介は、高杉と笛木を上手に〝駒〟として使った首謀者を突きとめたのではないか。

堀越の取材ノートや録音音声メモリーが見つかれば、事件の謎は解けるはずだ。しかし、それらはいまも見つかっていない。

常識的に考えれば、堀越は自宅に置いておいて盗まれる恐れのある取材ノート、ICレコーダーのメモリー、デジタルカメラのSDカードなどを信頼できる人間に預けるだろう。

だが、ライター仲間の梶原宗哉や『現代公論』の西丸望副編集長は何も預かっていないと言い切った。堀越がよく通っていた『しの田』の店主の篠田博道も同じだった。

その三人のうちの誰かが嘘をついていると考えるのは、下衆《げす》の勘繰《かんぐ》りだろうか。堀越の妻の真弓の証言に偽りはない気がする。

加納はテレビの音量を絞って、腕を組んだ。

そのとき、寝室から刑事用携帯電話《ポリスモード》の着信音がかすかに響いてきた。加納はテレビの電源を切って、寝室に走った。立ったまま、ナイトテーブルの上のポリスモードを摑み上げる。発信者は三原刑事部長だった。

「別働隊の者が神奈川県警に探《さぐ》りを入れてくれたんだが、石倉翔の銃創《じゆうそう》は三週間もあれば、完治するそうだ」

「それはよかった」

加納は葉山を去る前に、三原に石倉が笛木を殺したことを報告してあった。

「それから、なぜか石倉は県警の初動班の捜査員には手榴弾のことは喋ってないようだ。

自分の肩を撃って消えた男は、どこの誰かわからないと繰り返したそうだよ」

「そうですか」

「石倉は笛木を殺《や》ったら、本気で死ぬつもりだったんだろう。しかし、加納君に諭《さと》されて……」

「別に諭してなんかいませんよ」

「そうかね。それじゃ、石倉は肩を撃たれた痛みが強烈だったんで、死ぬのが怖くなったんだろうな。ところで、押収した手榴弾はこっそり渡してくれな」

「そうします。刑事部長、石倉は『東京シンジケート』の犯罪を洗いざらい吐いたんですか？」

「そうらしいが、肝心なことは言葉を濁したそうだ。笛木が高杉に頼まれて、パキスタン人たち三人に二人の超大物を始末させたことは間違いないんだろう。ただ、笛木が高杉と何か大それたことをやる気だった様子はなかったと供述してるというんだ」

「笛木は高杉の下働きをしただけなんでしょうか」

「そうなのかもしれないぞ。笛木は、高杉が何を企んでるのかは知らなかったんじゃないかね。多分、笛木は堀越と清水の事件《ヤマ》には絡んでないんだろう。本部事件の被害者は高杉の犯罪計画を知ったため、命を奪われたのかもしれないな」

「ええ、そうですね」

「加納君、民自党本部と全経連ビルが爆破されたぞ」

「少し前にテレビのニュースで知りました。超大物の二人が三人の不良アジア人に殺害されたことを考えると、爆破装置を仕掛けたのは少数派の外国人混成チームと思われますね」

「それは間違いないだろう。というのは、本庁《うち》の機捜が午前中に清掃員に化けた黒人の男が民自党本部と全経連ビルに入っていったという複数の目撃証言を得てるんだ。そいつは、不良ナイジェリア人かガーナ人なんじゃないのか。ただ、その黒人の正体が摑めてないらしいんだ」

「時限爆破装置を仕掛けさせたのは、高杉亮太臭いですね。高杉を操ってる黒幕は、この国の体制をぶっ壊したいと考えてるんでしょう」

「民自党がふたたび政権を担《にな》うようになったわけだから、昔のように政界は財界や官界とはずぶずぶの関係になるだろうね。裏社会との癒着《ゆちゃく》も強まるだろう」

「そうでしょうね。社会の仕組みを根本から変えないと、この国は再生できないのかもしれません。だからといって、自分たちの利益を最優先してる政財界人や陰の実力者を個人的に裁《さば》いてもいいことにはならない」

「それはそうだよ。日本は法治国家なんだから、そんなことは絶対に許されない。犯人グループは腐敗した政治家や財界人を始末するだけじゃなく、硬派のノンフィクション・ライターも葬った疑いがある。おそらく身替り犯の清水秀一も殺《や》ったんだろうな、顔の見えない犯人は」

「そうなんだと思います。刑事部長、別働隊のメンバーに二件の大量爆殺事件に関する情報を集めてもらってください」

「わかった。きみは高杉亮太の潜伏先を突きとめてくれないか」

刑事部長が通話を切り上げた。

加納はポリスモードを耳から離し、ベッドに腰かけた。ラークに火を点ける。

『遊牧民《ノマド》の会』のリーダーは当分、南平台や高輪の借家には近づかないだろう。二人の愛人と一緒にどこに潜伏しているのか。

加納は煙草を喫《す》い終えると、外出の仕度に取りかかった。

戸締まりをして、特別仕様の捜査車輛で東京駅近くにあるインターネット・カジノ店に向かう。顔見知りになった店長に探りを入れてみる気になったのだ。

目的の場所に着いたのは、およそ五十分後だった。道路が渋滞していたせいで、思いのほか時間がかかってしまったのだ。

に入った。

加納はランドローバーを裏通りに駐《と》め、高杉が経営しているインターネット・カジノ店

だが、あいにく店長は欠勤していた。風邪で高熱を出してしまったという。加納は一瞬、身分を明かして従業員たちからオーナーの居所を聞き出そうとした。

しかし、すぐに思い留《とど》まった。店長以外は、『遊牧民《ノマド》の会』のメンバーではなさそうだ。ただの従業員がオーナーの潜伏先を知っているわけがない。

加納は、焦《あせ》りはじめている自分を窘《たしな》めて表に出た。今夜も寒い。急ぎ足で歩き、ランドローバーの運転席に入る。

加納はエンジンを始動させ、エアコンの設定温度を上げた。車内が暖かくなりはじめたとき、私用のスマートフォンが震えた。

電話をかけてきたのは、野口恵利香だった。

「昼間、ネットのニュースで知ったんだけど、『東京シンジケート』の笛木が参謀だった石倉って奴にインディアン・トマホークで頭をかち割られて死んだわね」

「おれも、そのことはニュースで知ったんだ」

加納は空とぼけた。

「本当に？　もっと早くわかったんじゃないのかな。加納さんは半グレ集団の連中のこと

を調べ回ってたわけでしょ？」

「別に隠しごとなんかしてないよ。おまえさんとおれは、もう他人じゃないんだから」

「彼氏面《づら》しないでって釘をさしたはずだけどな。忘れちゃった？」

「もちろん、憶《おぼ》えてるさ。彼氏じゃないが、おれたちは他人同士ってわけじゃない。そうだろ？」

「面倒臭いことを言うのね。そのことは、もういいわ。それよりも民自党の元老とフィクサーが殺されて、きょうは政権党の本部と全経連ビルが爆破された。世の中を裏で支配してた二人の怪物だけじゃなく、多くの政財界人が爆死させられたわよね」

「ああ、何が言いたいんだい？」

「報道によると、大曽根と坂東を拉致して惨殺したのはパキスタン人、タイ人、フィリピン人の三人組みたいね。それから、民自党本部と全経連ビルに時限爆破装置を仕掛けたのは黒人の男だったらしいじゃない？　知り合いの『東都《とうと》タイムズ』の社会部記者がそう言ってたわよ」

「そうか。だから？」

「高杉亮太が幼馴染みの笛木や少数派の不良外国人たちを使って、堕落した有力者たちを抹殺してるんじゃないかってことよ。『遊牧民《ノマド》の会』のメンバーは修士や博士になっても、大学や社会に受け入れてもらえなかったわけでしょ？」

「大学院で学んだからって、すんなりと研究者や学者になれる時代じゃない。昔と違って、いまは修士や博士の数が多いからな」

「その通りなんだけど、高杉たちは子供のころから秀才と見られてたんだろうから、マイナー扱いされることに耐えられなかったんじゃないかしら。それだから、頭脳犯罪者グループを結成してダーティー・ビジネスに精を出してたんだと思うの。優秀だった自分らをまともに評価しない社会にしてしまったのは、国家を私物化して権力や財力を握った連中のせいだと政治家、財界人、エリート官僚を逆恨みしてきたんじゃないのかな。高杉はそうしたルサンチマンから、腐った権力者たちをひとり残らず処刑する気になったんじゃない？」

　恵利香が長々と喋った。

「そうだとしても、高杉ひとりでは仕返しはできないだろう」

「ええ、そうね。だから、高杉は笛木や少数派の不良外国人混成チームの力を借りたのよ。協力してくれる者たちをうまく焚《た》きつけたんでしょうね。堀越勇介さんは高杉の悪謀をペンで暴こうとしたんで、犯罪のプロにダガーナイフで刺し殺されたんだと思う。ええ、そうにちがいないわ」

「そっちの推測は大きくは外れてないだろうが、一連の凶悪事件の首謀者は高杉じゃないな。『遊牧民《ノマド》の会』のリーダーは、アンダーボスか単なる共犯者だろう」

「黒幕《ビッグボス》は別人だって言うの⁉」

「おれは、そう睨んでるんだ」

「アナーキーなことをやりそうな野党や市民団体となると、どこだろう？　極左《きょくさ》の連中が破れかぶれの暴挙に及んだのかしら？」

「どの野党も市民団体も、そこまで過激なことは考えないんじゃないか。極左の連中にしても、右寄りの政治結社もとことんアナーキーにはなれないだろう」

「加納さんの読みが正しいとしたら、何か妄執《もうしゅう》に取り憑《つ》かれてる個人が首謀者なのかな？」

「そういうことも考えられるかもしれない」

「ストレス社会だから、危ないことを考えてる人間が増えたわよね」

「そうだな」

「加納さんの推測は、あながち見当外れじゃない気がするわ。それはそうと、一連の事件とは何も関連はないんだろうけど、割に親しい総合雑誌の編集長から現代公論社の西丸望副編集長に関する噂を聞いたのよ」

「どんな噂を耳にしたんだい？」

加納はスマートフォンを握り直した。

「噂の真偽はわからないんだけど、西丸さんは以前からタブーに挑もうとしない雑誌ジャーナリズムには何も価値がないと公言してたんだって。過去に際《きわ》どい企画を通そうとして、会社の経営陣にこっぴどく叱《しか》られたことがあったそうなの」

「そんなことがあったのか」

「上司の編集長はゴーサインを出したくせに、役員たちが騒ぎはじめたら、西丸さんが独断で勇み足をしそうになったと弁解したみたい。口では勇ましいことを言ってても、自分の立場が悪くなりそうになると、部下を庇《かば》わなくなる管理職がいるじゃない？」

「そういう卑怯《ひきょう》な奴はサラリーマンだけじゃなく、警察にも多いよ」

「情けない話よね。そんなことがあったんで、西丸さんはいつか独立して自分で雑誌社を設立し、社会の暗部を抉《えぐ》るような月刊総合誌を出したいと熱っぽく語ってたんだって」

「あらゆる圧力に屈《くっ》しないタブーレスの月刊誌を発行したいわけか。ジャーナリズムはそういう姿勢を貫《つらぬ》くべきなんだろうが、購読料だけでは経営が成り立たないだろう」

「ええ、そうね。まったく広告を載せなかったら、高い定価をつけざるを得ない。コアの読者がいたとしても、せいぜい数千人でしょうね」

「それでは、雑誌を発行しつづけることはできなくなるだろう」

「ええ、そうでしょうね。だから、西丸さんは自力で資金を工面して、何でも自由に発言できる月刊総合誌を必ず創刊すると社会派ライターに協力を求めてたそうよ。堀越さんも声をかけられてたはずだわ」

「だろうな。しかし、勤め人が事業資金を調達することは容易じゃないだろう」

「そうね。だから、西丸さんは奥さんの弟の天童隆行《てんどうたかゆき》って人にマガジン・ファンドを立ち上げさせて、出資者を募《つの》ったらしいの。だけど、二百万円も集まらなかったみたいよ」

「世の中、甘くないな」

「ええ。それでね、西丸さんは特定の思想や宗教に偏《かたよ》ってない各種の民間団体からお金を集めようとしたようなのよ。でも、やっぱり……」

「金は集まらなかったんだ？」

「そうなんだって。それなのに、西丸さんは近く義弟をダミーの社長にして、雑誌社を設立するらしいのよ。リトルマガジンなんかじゃなく、『現代公論』とまったく同じ判型の月刊誌で創刊号は十万部も刷るって噂が流れてるそうよ。赤坂あたりのビルをワンフロア借りて、社員も四十人ほど採用するって話だったわ」

「その噂が事実なら、西丸さんは事業資金をどうやって捻出したんだろうか。自分は現代公論社を辞めないで、設立する会社の社長を義弟に任せるというのも妙だな」

「ええ、確かにね。西丸さんは納得のいく月刊総合誌を何がなんでも発行したくて、大口脱税者か暴力団の企業舎弟《フロント》から事業資金を回してもらったんじゃない？」

「犯罪者たちに用意してもらった金で、理想の月刊総合誌を出しても意味がないじゃないか」

「それもそうね。どこかに真っ当な資産家がいたのかしら？」

「そうなのかもしれないぞ」

「いまの話は、堀越さんの事件には結びつかないわね」

「と思うが、気になる噂だな」

「わたし、いつでも加納さんに協力するわよ。こう言ったからって、彼氏みたいな顔をしないでね。それじゃ、また！」

恵利香の声が途絶えた。

加納は小さく唸った。西丸は堀越が暴こうとしていた犯罪を強請《ゆすり》の材料にして、独立資金を工面したのではないか。

殺された堀越は、西丸を信頼していたようだ。大切な取材ノートやＩＣレコーダーを預けていてもおかしくはない。

しかし、西丸はそうした物は何も預かっていないとはっきりと言った。その言葉に偽りはないのだろうか。西丸に探りを入れてみる必要がありそうだ。

4

ガードレールに車を寄せる。

京橋の裏通りだ。現代公論社の斜め裏だった。午後八時を回っていた。

加納はランドローバーのヘッドライトを消した。

エンジンを切りかけたとき、ためらいが生まれた。恵利香から聞いた噂を鵜呑《うの》みにして、西丸望に揺さぶりをかけてもいいものか。

下手をしたら、人権問題に発展しかねないだろう。相手は無法者ではない。気骨のある雑誌編集者である。ここは慎重に行動すべきだろう。

加納は、助手席に置いてある黒いファイルを手に取った。捜査資料で連絡先を確認してから、フリーライターの梶原宗哉に電話をかける。

スリーコールで、通話可能状態になった。加納は名乗った。

「ようやく犯人がわかったようですね？」

梶原が声を明るませた。

「そうなら、いいんですがね。まだ加害者を割り出せないんですよ。そこで、また協力していただきたいんですが、現代公論社の西丸さんが近く義弟の天童氏を社長にして雑誌社を立ち上げるって噂を耳にしたんですよ。その話は事実なんでしょうか?」

「業界にそんな噂が流れてることは確かですが、西丸さん自身はその話を否定してます。ただ、堀越から聞いた話によると、西丸さんは広告収入を当てにしないタブーレスの月刊総合誌を創刊することが昔からの悲願だと言ってたらしいんですよ。何らかの方法で資金を調達したのかもしれませんね」

「そうなんでしょうか」

「西丸さんはリベラルな編集者として知られてますけど、器《うつわ》が大きいんですよ。主義主張が異《こと》なっても、個人的に気が合えば、一緒に酒を酌《く》み交わしたりしてるんです。酒場で仲よくなった金持ちが西丸さんの人柄や心意気に惚れて、事業資金を提供すると約束してくれたんでしょうか。業界にそういう噂が流れたのは、それなりの根拠があったからなんでしょう。根も葉もない噂じゃない気がします」

「資金提供者が現われたんなら、西丸さんは現代公論社を辞めて創業する雑誌社の社長になりそうだがな。なぜ、奥さんの弟を社長にしなければならないのだろうか。それが解《げ》せないんですよ」

「西丸さんは俠気《おとこぎ》があるんで、編集プロダクションを潰《つぶ》した義弟と元社員たちを経済的に救済したかったんでしょう」

「西丸さんが独立した会社の社長になっても、義弟や編集プロダクションで働いてた人たちを喰わせていくことはできると思うがな」

「ま、そうですけどね」

「自分がトップになると、不都合なことでもあるんだろうか。たとえば、スポンサーが用意してくれた事業資金はブラックがかってるとかね。それで、西丸さんは表面に出ることを避けたいんじゃないんだろうか」

「汚れた金で、西丸さんは自分の月刊総合誌なんか出さないでしょう」

「しかし、自分で独立資金を工面できなかったら、そうしてしまうかもしれませんよ。スポンサーなしの雑誌を出すことが長年の悲願だったんでしょうから」

「そうなんですが、西丸さんに限って……」

「ちょっと意地の悪い見方だったかな。それはそうと、西丸さんは『東京シンジケート』の笛木とは一面識もなかったんだろうか。度量が大きいということだから、どこかの飲み屋で笛木と知り合いになった可能性もありそうだな」

「それは考えにくいでしょう。ただ、西丸さんは『遊牧民《ノマド》の会』とか中国残留邦人の孫たちで結成された新しい犯罪者集団に興味を持って個人的に取材してましたんで、高杉亮太にも会ったことがあるかもしれませんね」

「そのことは誰から聞いたんです？」

「堀越から聞いた話ですよ。西丸さんからニュータイプの犯罪者集団のルポを書かないかと打診されたとも言ってたな。でも、時間の都合がつかないんで、断ったということでしたよ」

「そう。西丸さんと高杉亮太には接点があったわけか」

「あなたは、まさか西丸さんが高杉を庇《かば》ってるのではないかと疑ってるわけじゃないですよね」

「疑ってる？　どういうことなのかな」

加納は訊き返した。

「堀越はルポの仕事は断ったようですけど、急ぎの仕事の合間を縫《ぬ》って『遊牧民《ノマド》の会』の犯罪のことを断片的に取材してた可能性もあります。それに気づいた高杉が誰かに堀越を始末させた。西丸さんはそのことに勘づきながらも、警察に言わなかったんですかね。そうだとしたら、西丸さんは独立資金を高杉亮太に用意させたんでしょうか。いや、そんなことをやる人間じゃないな」

「西丸さんが恐喝めいたことをして独立資金を工面したとは思えないが……」

「ですよね。一瞬だったとはいえ、西丸さんを疑ったことが恥ずかしいな。あなたが独立資金の出所が不明だとおっしゃったんで、つい西丸さんを悪人扱いしてしまったんだ。もういいですよね。これで、失礼します」

　梶原が硬い声で言い、電話を切った。

　加納は刑事用携帯電話《ポリスモード》を所定のポケットに戻した。西丸望と高杉亮太には接点があったと考えてもよさそうだ。

　西丸が頭脳犯罪者集団の弱みにつけ込んで、強請《ゆすり》を働いたとは思えない。高杉が『現代公論』で自分の組織のことを告発されたくなくて、進んで西丸に独立資金を提供したのだろうか。

　堀越勇介はその裏取引を知ったせいで、命を落とすことになったのか。裏の貌《かお》を知られた西丸は狼狽《ろうばい》し、変装して堀越を刺し殺したのだろうか。

　推理に飛躍がある気もするが、西丸の独立にまつわる噂が頭から離れなかった。退職しないで、タブーレスの月刊総合誌を創刊すること自体が不自然だ。

　多額の事業資金の出所もはっきりしない。西丸は疚《やま》しい方法で事業資金を調達したので、義弟を表向きの社長にせざるを得なかったのではないだろうか。

加納は本人を直《じか》に揺さぶってみることにした。車を降り、現代公論社に急ぐ。雑誌社の表玄関は閉まっていた。加納は社屋の左手にある通用口に回った。初老の門衛《もんえい》が窓口に坐っている。

加納は素姓を明かし、西丸との面会を求めた。

門衛が内線電話をかける。遣《や》り取《と》りは短かった。

「すぐに一階に降りてくるそうです。通路の奥にドアがありますので、エレベーターホールの横の応接ロビーでお待ちになってください」

「わかりました。お手数をかけました」

加納は門衛に謝意を表し、指示通りに進んだ。

応接ロビーは暖かかったが、誰もいなかった。応接ソファセットが四組ある。加納はエレベーターホール寄りのソファに腰かけた。三分ほど待つと、黒いタートルネック・セーターの上に灰色のツイードジャケットを重ねた西丸がやってきた。

「急に押しかけてきて、申し訳ありません。ちょっと確認したいことができたもんですから……」

加納は言いながら椅子から立ち上がった。

「そうですか。あいにく校了日ですんで、あまり時間は割《さ》けませんけどね」

「長居はしません」

「どうぞお坐りください」

西丸が先に加納を着席させ、向かい合う位置に腰かけた。

「あなたは義弟の天童隆行さんを社長に据えて、雑誌社を近く興《おこ》すそうですね。赤坂にオフィスを構え、広告をまったく載せない月刊総合誌を出されるとか？　創刊号は十万部も刷るんですって？」

「だ、誰から聞かれたんです⁉」

「その質問には答えられませんが、たいしたものですね。四十人ほどの社員を抱えるという話ですから、事業資金は十億円近く用意されたんでしょう？　スポンサーなしで社会の暗部を抉《えぐ》り、タブーに挑まれるんですから、ご立派ですよ。ご実家が豊かなんでしょうね」

「わたしの父親は司法書士をやりながら、三人の子供を育て上げたんです。資産家の息子ではありません。雑誌ジャーナリズム界にそうした噂が流れてるようですが、それは事実無根なんです」

「えっ、そうなんですか⁉」

加納は大仰《おおぎょう》に驚いてみせた。

「ただの噂ですよ。わたしは二十代のころから、広告を一切載せない月刊総合誌を出したいと思っていました。購読料だけで、真に公正な言論誌を出しつづけることが雑誌編集者の理想でしょう?」

「ええ、そうなんでしょうね」

「少部数のリトルマガジンなら、それは実現できるかもしれません。しかし、五年、十年と刊行しつづけることは難しいでしょう」

「だと思います」

「雑誌編集者の夢なんですよ、わたしが若い時分から言ってきたことは。そういう志を忘れたら、仕事が虚《むな》しくなってしまいますからね。『現代公論』は外部の圧力を極《きょくりょくは》力撥ねのけてきました。それでも、広告主に配慮をしなければならないときもあります。また、アンタッチャブルなテーマを取り上げれば、関係者からの圧力や厭《いや》がらせも避けられません」

「そうでしょうね」

「トラブルに巻き込まれて、いいことなんかありません。ですんで、雑誌編集者や寄稿家は次第に畏縮《いしゅく》してしまったんです。自嘲的ですが、いまの雑誌ジャーナリズムは真実や真相を深く伝えてるとは言えません。若いころは、非力な自分が呪《のろ》わしかったですよ」

「西丸さんはストイックな方なんですね」

「その言葉は当たってないな。わたしは、誠実な姿勢で雑誌作りをしたいと思ってきたんですよ。その考えはいまも同じですが、理想と現実のギャップはたやすく埋められません」

「ええ、わかります」

「中年になってからは、物事を性急《せいきゆう》に考えてはいけないと反省するようになりました。もちろん、言論の自由は大切にしなければならないと思ってますがね。そんなわけで、独立して自分の雑誌社を興すという夢は捨てたんですよ」

「噂には根拠がないとおっしゃるんですね」

「ええ。考えてみてくださいよ。わたしは一介のサラリーマンなんです。何億という事業資金を自力で調達できるわけないでしょ？」

「あなたは交友関係が広いようだから、中にはたっぷりと金を持ってる者もいそうですがね」

「何か含みのある言い方をされたが、本当に誰からも事業資金の提供なんかしてもらってない。噂は事実じゃないんです。なんなら、妻の弟の天童を紹介してもかまいませんよ」

「義弟《おとうと》さんにお会いしても、無駄でしょう。どうせ西丸さんと口裏を合わせるでしょうから」

「きみ、無礼じゃないかっ。噂を信じ込んで、わたしが何か後ろめたいことをして独立資金を都合つけたとでも言いたげだが、そんな事実はないんだ！」

「そうなのかもしれませんが、西丸さんがちょっと信用できなくなったんで……」

「失礼な男だな。わたしがきみを騙《だま》したとでも言うのかっ」

西丸が声を荒らげた。

「そんなことは言ってませんよ。ところで、高杉亮平という男に会ったことはありますよね？」

「一度、二度会ってるな。高学歴の連中が開き直って、裏ビジネスを重ねてることに好奇心を抱いたんだ。堀越君にルポ記事をまとめてもらおうと思ったんで、ざっと取材をしておいたんだよ。堀越君の手間も少なくしてやりたかったんでね。しかし、彼は他の仕事で手一杯だとルポ記事の執筆を断ってきた」

「そういう証言を得てます。そのことは間違いないんでしょう」

「堀越君の事件には高杉亮太はまったく関係ないでしょ」

「高杉は、捜査本部事件にはまるでタッチしていないとは言い切れないと思います」

「えっ、どうして？　二人には何も繋《つな》がりがないでしょ？　堀越君が高杉亮太を取材したことはないはずだ」

「二人に面識はなかったんでしょう。しかし、堀越さんは社会派のノンフィクション・ライターでした。修士と博士で構成されてるニュータイプの犯罪者集団に興味を抱かないわけない。それから、高杉の幼友達の笛木豪が仕切ってた半グレ集団『東京シンジケート』の存在も気になってたにちがいありません」

「だから、どうだと言うんだっ」

「堀越さんは二つのグループの犯罪の証拠をいずれは押さえるつもりで、多少の下準備をしてたとも考えられます。笛木や高杉の周辺は嗅ぎ回ってなかったようですがね」

「笛木が手下の者に堀越君を殺《や》らせたのかもしれない？」

「いいえ、そうじゃないことはわかってます」

「きみは笛木を締め上げたようだな」

「想像にお任せします。笛木と高杉の二人は本部事件にはタッチしてないことがわかりました」

「それなら、堀越君はいったい誰に殺されたんだね？」

「もう少し喋らせてください。笛木は少数派の不良ナイジェリア人、ガーナ人、パキスタン人、タイ人、ベトナム人、フィリピン人たちに、団結してチャイニーズ・マフィア、イラン人マフィア、日本の暴力団に対抗しろと勧め、勢力拡大の軍資金を稼がせた。民自党元老の大曽根善行とフィクサーの坂東洋佑を拉致して殺害したのは、笛木に焚《た》きつけられた不良外国人混成チームの三人でした。パキスタン人、タイ人、フィリピン人の三人です」

「あまり時間がないんだよ。もっと手短に話してもらえないか」

「わかりました」

加納はそう言って、言葉を継《つ》いだ。

「民自党本部と全経連ビルが爆破されて、大勢の死傷者が出ました。その実行犯はまだ捕まってませんが、混成チームに属するナイジェリア人かガーナ人でしょう。一連の凶悪犯罪をやらせたのは笛木ではなく、おそらく高杉亮太だと思います。爆破事件の前に、笛木は葉山のセカンドハウスで右腕の石倉翔に手斧で頭を割られて死んでますんでね」

「高杉は不良外国人混成チームに、なんで爆破テロなんかやらせたんだろうか。自分たちのことしか考えてない政治家や財界人を片づけないと、日本は生まれ変われないと短絡的になったのか」

「高杉は、国民のことを考えてない政治家、官僚、財界人を抹殺したいと思ってたでしょう。しかし、高杉は一連の凶悪な事件の主犯じゃないでしょうね。高杉を言葉巧《たく》みに煽動《せんどう》した人物は闇の奥に身を潜めてるんでしょう」

「そんな黒幕がいるとは思えないが……」

西丸が言いながら、視線を外した。

「あなたなら、その人物に思い当たる節があると思ったんですがね」

「わからない。見当もつかないよ」

「高杉、笛木、不良外国人混成チームを唆《そそのか》した黒幕が現政権の崩壊を望んでることは間違いないでしょう」

「二年そこそこしか政権を担《にな》えなかった民友党は分裂の危機に陥ったんで、巻き返しを図るパワーもない。衆院選で意外に票を伸ばした日本革新党か、逆に伸び悩んだ平成維新の会がガラガラポンを狙ってクレージーなことをやったのかもしれないな」

「そうでしょうか。話は飛びますが、西丸さん、十一月二日の夜はどこでどうされてました?」

「き、きみは、わたしが堀越君を刺したと疑ってるのか⁉」

「怒らないでほしいな。なんでも疑ってみるのが刑事の習性なんですよ。一応、参考までにお訊《たず》ねしただけですんで、どうかお気を悪くなさらないでください」

「堀越君が殺害された夜は、ずっと文京区内の自宅にいたよ。家内とテレビを観《み》ながら、ホットウイスキーを飲んでたな」

「ほかに誰かいませんでしたか、身内以外の方は？」

加納は問いかけた。

「われわれ夫婦しかいなかった」

「困りましたね。家族だけの証言ですと、アリバイが成立したとは言えないんですよ。奥さんや子供たちだと、口裏を合わせたかもしれないと疑えますのでね」

「わたしは堀越君に目をかけてたんだ。ノンフィクションの書き手として、大いに期待してたんだよ。そんな彼をわたしが殺すわけないだろうが！」

「殺したとは言ってません。アリバイに関しては、家族の証言は弱いと言っただけです。違いますか？」

「とにかく、不愉快だっ」

西丸が憤然《ふんぜん》と立ち上がり、エレベーターホールに向かった。

加納は坐ったままだった。大胆に西丸を揺さぶったことは、少しばかり後ろめたかった。漠《ばく》とした疑惑は膨れ上がっていたが、物的証拠は何もなかったからだ。

だが、収穫はあった。西丸は時にうろたえ、視線を泳がせた。不審な点は一つや二つではなかった。

西丸は何かリアクションを起こすだろう。そのとき、尻尾《しっぽ》を出すのではないか。

加納は腰を上げた。無人のエレベーターホールを抜けて、通用口から外に出る。加納は足早に歩き、ランドローバーの運転席に坐った。

張り込んで小一時間《こ》が過ぎたころ、三原刑事部長から電話がかかってきた。

「別働隊の連中が爆破犯の正体を突きとめてくれたよ。民自党本部と全経連ビルに時限爆破装置を仕掛けたのは、ナイジェリア人のチャンボ・オドンゴという通称を使ってる三十三歳の男だ。本名はチャンボ・アバサだった」

「爆破犯の正体をどうやって割り出したんでしょう？」

「二カ所の爆破現場付近の防犯カメラの録画映像をチェックさせたんだよ、別働隊にね。映像分析で怪しい黒人がチャンボ・アバサと特定できたんだ」

「で、犯人《ホシ》を緊急逮捕したんですね」

加納は訊いた。

「そうなんだ。アバサは観念したようで、雇い主が高杉亮太であることを吐いた。『遊牧民《ノマド》の会』のリーダーは幼友達の笛木豪や少数派の不良外国人たちをうまく使って、最大与党を支えてる有力者たちを抹殺する気だったんだろう。堀越勇介は高杉たちの陰謀を暴こうとしたんで、始末されたんだろうな。高杉は、身替り出頭させた清水秀一も半グレ集団か不良外国人チームのメンバーに片づけさせたんじゃないか。その件については、アバサは知らないと言い張ってるようだが、高杉を庇ってるんだろう」

「実際、チャンボ・アバサは堀越と清水を葬った奴は知らないんでしょう。それから、高杉は本部事件ではシロだと思われます」

「それじゃ、誰が堀越勇介を殺《や》ったんだ？」

「『現代公論』の西丸副編集長が臭いですね」

「加納君、筋の読み方が違うだろ⁉　西丸望は、被害者と親しかった人物じゃないか」

三原が言った。加納は、西丸の疑わしい点を話した。

「西丸は奥さんの弟をダミーの社長にして、自分の雑誌社を立ち上げる準備をしてたのか。独立資金を自分で捻出することは難しいだろうな」

「まず無理でしょうね。西丸は現政権をぶっ潰すことを狙ってる組織か個人の下働きをして、その見返りに独立資金を貰うことになってるんでしょう」

「そうだとしたら、西丸は巧みに高杉を唆したんだろうな。そして高杉は笛木を焚きつけ、笛木は少数派の不良外国人を煽《あお》ったわけか」

「そうだったんでしょう。まだ確証は得てませんが、堀越は不審な行動をとりはじめた西丸望を密かにマークし、裏取引の相手を知ったんだと推測してるんです」

「で、堀越は現政権を崩壊させたがってる組織に消されたんだな」

「いいえ、そうではないと思います。力関係は、独立資金を欲しがってる西丸望のほうが弱いはずです」

「そうだろうな。ということは、西丸自身が堀越と清水の口を塞《ふさ》いだ？」

「清水秀一を高浜運河に突き落としたのは別人とも考えられますが、堀越を刺殺したのは西丸望でしょう。西丸は犯行に及んだ後、堀越がどこかに保管してあった取材ノートやICレコーダーを盗み出し、焼却したと思われます。保管場所については生前、堀越から聞いてたんでしょう。被害者は西丸を信頼してたようですからね」

「西丸は、目をかけていたライターの命よりも独立資金のほうが大事だという結論に達して凶行に走ったのか」

「ええ、そうなんでしょう。西丸を揺さぶりましたんで、必ず密約を交わした相手と接触するはずです。このまま張り込んで、立件材料を摑むつもりです」

「頼むよ。支援が必要なときは、遠慮なく要請してくれないか」

刑事部長が電話を切った。

加納は刑事用携帯電話《ポリスモード》を懐に戻し、車を現代公論社の近くの暗がりに移した。ライトを消し、現代公論社の通用口に視線を注ぐ。

地下駐車場のスロープから灰色のレクサスが走り出てきたのは、十時四十分ごろだった。加納は視線を延ばした。ステアリングを握っているのは、西丸望だった。同乗者はいない。

レクサスは中央通りを直進し、銀座から新橋方面に向かった。自宅のある文京区とは逆方向だ。

西丸は誰かと会うつもりにちがいない。加納はそう確信を深めながら、レクサスを慎重に追尾しつづけた。尾行に気づかれた様子はうかがえない。

やがて、レクサスは天現寺橋《てんげんじばし》の近くにある深夜レストランの駐車場に入った。

加納はランドローバーを路上に駐《と》め、深夜レストランに足を踏み入れた。テーブルが十五卓ほど並び、右手に個室《コンパートメント》が並んでいる。西丸は馴《な》れた足取りで、最も奥のコンパートメントに入った。

加納はテーブル席に落ち着き、ビーフシチューをオーダーした。深夜ながら、テーブルは半分ほど客で埋まっていた。

紫煙をくゆらせていると、見覚えのある六十年配の男が店に入ってきた。なんと巨大労働組合『全連合』の戸板健次《といたけんじ》副会長だった。

『全連合』は、前政権の民友党の支持母体である。巨大労組《ろうそ》のバックアップで、民友党は与党になった。しかし、公約違反を重ねて、また野《や》に下《くだ》ることになってしまった。多くの国民を裏切ったせいで、先の衆院選では大幅に議席数を減らした。

戸板が、西丸のいるコンパートメントに入った。戸板は『全連合』の会長ほどマスコミに露出はしていないが、凄腕の選挙プロデューサーとして週刊誌やテレビで何度か取り上げられていた。

西丸の裏取引の相手は、『全連合』の副会長だったと思われる。現政権が揺らげば、ふたたび民友党が与党に返り咲くチャンスがないわけではない。

加納はテーブルを離れ、レジの近くにいる五十年配の支配人に歩み寄った。警察手帳を呈示《ていじ》し、内偵捜査に協力してほしいと頼み込んだ。

「どうすれば、よろしいんでしょうか」

「奥のコンパートメントの手前の個室は空いてます?」

「はい」

「そこに入らせてください。密談を聴きたいんですよ」

「店内でお客さまに手錠を掛けるようなことは?」

「そういうことはありません。あくまで内偵捜査ですんで」

「それでしたら、全面的に協力します。どうぞこちらに……」

支配人が案内に立った。

加納は従い、西丸と戸板のいるコンパートメントに接した隣の個室に足を踏み入れた。六畳ほどの広さだ。

支配人が目礼し、歩み去った。

加納は仕切り壁に近づき、懐からレコーダーと一体になっている盗聴マイクを取り出した。壁面に高性能マイクを押し当て、イヤフォンを片方の耳に嵌《は》める。

加納は息を詰め、レコーダーの録音スイッチを入れた。男同士の会話が耳に届いた。

――西丸さん、電話で言ってた加納という警視をなんとかしないと、お互いに身の破滅だよ。わたしは会長にはまったく相談しないで、『全連合』のプール金から十億抜いて西丸さんの独立資金を用立てる約束をしたんだから。会長はもちろん民友党の代表も、わたしが独断で与党民自党を支えてる大物たちの抹殺を計画してるとは夢にも思ってないはずだ。民友党の幹部たちや『全連合《うち》』の会長が、また政権を執《と》りたいと渇望《かつぼう》してることは間違いないがね。

――戸板さんのほうで、なんとか加納を始末していただけませんか。お願いしますよ。わたしは高杉を焚きつけて、笛木や不良外国人たちを動かしたんですから。

──わたしに、人殺しはできないよ。気の優しい人間だからね。しかし、あんたはわたしたちの裏取引を知った堀越勇介をダガーナイフで刺し殺した。いい度胸してるよ。

──わたしは、何がなんでも独立してタブーレスの雑誌を発行したいんです。だから、戸板さんの片棒を担《かつ》いだわけです。できることなら、堀越を殺したくなかったですよ。人殺しは一度でたくさんです。

──それだから、高杉が見つけて出頭させた清水秀一は半グレ集団のメンバーに片づけさせたんだね？

──そうです。高杉に泳げない清水を運河に突き落としてくれと頼んだんですが、尻込みされてしまったんですよ。高杉は幼馴染みの笛木に相談して、『東京シンジケート』の柊《ひいらぎ》ってメンバーに清水を殺《や》らせたわけですが……。

──そうだったね。あんたは、すでに人殺しをやってるんだ。加納を殺《や》ることだってできるだろう？　ついでに、下田《しもだ》ポートサービスのクルーザーの中に隠れてる高杉も亡き者にしてもらいたいな。

──わたしは殺人鬼じゃありません。三人も殺せるわけないでしょ！　独立資金の前渡し分は、たったの一億円でした。

──残りの九億円を一括で支払ってもいいよ。自分でもう手を汚したくないんだったら、殺し屋《プロ》を雇ってもかまわない。殺しの成功報酬は西丸さんが払ってやってくれ。

——汚いな。あなたが大量殺人計画の首謀者じゃないか。わたしが警察に何もかも喋ったら、戸板さんも捕まるんですよっ。

——あんたがわたしを黒幕と喋っても、それを裏付けるものは何もない。堀越が録音した密約の音声データはあんたが私書箱から回収してくれて、わたしがこの手で焼却済みだからな。

——あの録音音声はダビングして、ある所に保管してあるんですよ。

——えっ、本当なのか⁉

——ええ。保険をかけておかないと、身を滅ぼすことになりますからね。

——抜け目のない男だ。

——加納と高杉の二人は、あなたが消してください。それから、独立資金は五億プラスして総額十五億円にしてもらいましょうか。

——それは無理だ。十億円抜くのも簡単なことじゃないんだぞ。

——そうでしょうが、十五億円いただきます。

——悪党め！

——民友党がまた政権党になったら、あなたは確実に『全連合』の会長になれるでしょう。十五億円くすねれば、もう戸板さんの天下ですよ。二人の始末と残りの十四億も用意してくださいね。

──わかったよ。わたしの負けだ。

音声が中断した。

加納はイヤフォンを外し、レコーダーの停止ボタンを押した。事件の真相はわかったが、ひどく後味が悪い。

加納はコンパートメントを静かに出て、懐から刑事用携帯電話《ポリスモード》を取り出した。テーブルにはビーフシチューが届けられていたが、食欲は失《う》せていた。

著者注・この作品はフィクションであり、登場する人物および団体名は、実在するものといっさい関係ありません。

注・本作品は、平成二十五年十二月、光文社より刊行された『遊撃警視』を、著者が大幅に加筆・修正したものです。

遊撃警視

一〇〇字書評

切・り・取・り・線

購買動機（新聞、雑誌名を記入するか、あるいは○をつけてください）	
□（　　　　　　　　　　　　　　　　）の広告を見て	
□（　　　　　　　　　　　　　　　　）の書評を見て	
□ 知人のすすめで	□ タイトルに惹かれて
□ カバーが良かったから	□ 内容が面白そうだから
□ 好きな作家だから	□ 好きな分野の本だから

・最近、最も感銘を受けた作品名をお書き下さい

・あなたのお好きな作家名をお書き下さい

・その他、ご要望がありましたらお書き下さい

住所	〒				
氏名		職業		年齢	
Eメール	※携帯には配信できません	新刊情報等のメール配信を 希望する・しない			

この本の感想を、編集部までお寄せいただけたらありがたく存じます。今後の企画の参考にさせていただきます。Eメールでも結構です。

いただいた「一〇〇字書評」は、新聞・雑誌等に紹介させていただくことがあります。その場合はお礼として特製図書カードを差し上げます。

前ページの原稿用紙に書評をお書きの上、切り取り、左記までお送り下さい。宛先の住所は不要です。

なお、ご記入いただいたお名前、ご住所等は、書評紹介の事前了解、謝礼のお届けのためだけに利用し、そのほかの目的のために利用することはありません。

〒一〇一－八七〇一
祥伝社文庫編集長　坂口芳和
電話　〇三（三二六五）二〇八〇

祥伝社ホームページの「ブックレビュー」からも、書き込めます。

http://www.shodensha.co.jp/bookreview/

祥伝社文庫

遊撃警視《ゆうげきけいし》

平成30年12月20日　初版第1刷発行

著　者　南《みなみ》　英男《ひでお》
発行者　辻　浩明
発行所　祥伝社《しょうでんしゃ》
東京都千代田区神田神保町3-3
〒101-8701
電話　03（3265）2081（販売部）
電話　03（3265）2080（編集部）
電話　03（3265）3622（業務部）
http://www.shodensha.co.jp/

印刷所　堀内印刷
製本所　ナショナル製本
カバーフォーマットデザイン　芥　陽子

 ISBN978-4-396-34482-5 C0193

祥伝社文庫の好評既刊

南 英男

特捜指令

警務局局長が殺された。摘発されたことへの復讐か？　暴走する巨悪に、腐れ縁のキャリアコンビが立ち向かう！

南 英男

特捜指令　動機不明

悪人に容赦は無用。荒巻《あらまき》と鷲津《わしづ》、キャリア刑事のコンビが、未解決の有名人一家殺人事件の真相に迫る！

南 英男

特捜指令　射殺回路

対照的な二人のキャリア刑事が受けた特命、人権派弁護士射殺事件の背後には……。超法規捜査、始動！

南 英男

手錠

弟をやくざに殺された須賀《すが》警部は、志願して(暴)《マルボウ》へ。鮮やかな手口、容赦なき口封じ。恐るべき犯行に挑む！

南 英男

怨恨　遊軍刑事《デカ》・三上謙《みかみけん》

渋谷署生活安全課の三上謙は、署長の神谷《かみや》からの特命捜査を密かに行なう、タフな隠れ遊軍刑事だった——。

南 英男

死角捜査　遊軍刑事・三上謙

狙われた公安調査庁。調査官の撲殺事件の背後には、邪悪教団の利権に蠢く者が!?　単独で挑む三上の運命は!?

祥伝社文庫の好評既刊

南 英男
癒着《ゆちゃく》 遊軍刑事・三上謙
ジャーナリストが刺殺された。特命を受けた三上は、おぞましき癒着《ゆちゃく》の構造に行き着くが……。

南 英男
捜査圏外 警視正《けいしせい》・野上勉《のがみつとむ》
刑事のイロハを教えてくれた先輩が死んだ。その無念を晴らすため、野上は彼が追っていた事件を洗い直す。

南 英男
警視庁潜行捜査班 シャドー
「監察官殺し」の捜査は迷宮入りの様相……。捜査一課特命捜査対策室の秘密別働隊〝シャドー〟が投入された！

南 英男
警視庁潜行捜査班シャドー 抹殺者《まっさつしゃ》
美人検事殺しを告白し、新たな殺しを宣言した〝抹殺屋〟。その狙いと検事殺しの真相は？〝シャドー〟が追う！

南 英男
刑事稼業 包囲網
捜査一課、生活安全課……警視庁の各課の刑事たちが、靴底をすり減らしながら、とことん犯人を追う！

南 英男
刑事稼業 強行逮捕
捜査一課、組対第二課――刑事たちが足を棒にする捜査の先に辿りつく真実とは！ 熱血の警察小説集。